AF185888

Tucholsky Wagner Zola Scott Sydow Freud Schlegel

Turgenev Wallace Fonatne

Twain Walther von der Vogelweide Fouqué Friedrich II. von Preußen

Weber Freiligrath Frey

Fechner Fichte Weiße Rose von Fallersleben Kant Ernst Richthofen Frommel

Fehrs Engels Fielding Hölderlin Eichendorff Tacitus Dumas

Faber Flaubert Eliasberg Ebner Eschenbach

Feuerbach Maximilian I. von Habsburg Fock Eliot Zweig Vergil

Ewald

Goethe Elisabeth von Österreich London

Mendelssohn Balzac Shakespeare Dostojewski Ganghofer

Trackl Lichtenberg Rathenau Doyle Gjellerup

Mommsen Stevenson Tolstoi Hambruch Droste-Hülshoff

Thoma Lenz Hanrieder

Dach Verne von Arnim Hägele Hauff Humboldt

Reuter Rousseau Hagen Hauptmann Gautier

Karrillon Garschin Defoe Hebbel Baudelaire

Damaschke Descartes Hegel Kussmaul Herder

Wolfram von Eschenbach Dickens Schopenhauer Rilke George

Darwin Melville Grimm Jerome Bebel Proust

Bronner Campe Horváth Aristoteles Voltaire Federer Herodot

Bismarck Vigny Barlach Heine

Gengenbach

Storm Casanova Tersteegen Gilm Grillparzer Georgy

Chamberlain Lessing Langbein Gryphius

Brentano Claudius Schiller Lafontaine

Strachwitz Kralik Iffland Sokrates

Katharina II. von Rußland Bellamy Schilling

Gerstäcker Raabe Gibbon Tschechow

Löns Hesse Hoffmann Gogol Wilde Gleim Vulpius

Luther Heym Hofmannsthal Klee Hölty Morgenstern Goedicke

Roth Heyse Klopstock Puschkin Homer Kleist

Luxemburg La Roche Horaz Mörike Musil

Machiavelli Kierkegaard Kraft Kraus

Navarra Aurel Musset Moltke

Nestroy Marie de France Lamprecht Kind Kirchhoff Hugo

Laotse Ipsen Liebknecht

Nietzsche Nansen Ringelnatz

Marx Lassalle Gorki Klett Leibniz

von Ossietzky May Irving

vom Stein Lawrence

Petalozzi Knigge

Platon Pückler Kafka

Sachs Poe Michelangelo Kock Korolenko

de Sade Praetorius Mistral Zetkin Liebermann

Gottesfriede

Peter Nansen

Impressum

Autor: Peter Nansen
Umschlagkonzept: toepferschumann, Berlin

Verlag: tredition GmbH, Hamburg
ISBN: 978-3-8424-0983-5
Printed in Germany

Ziel der TREDITION CLASSICS ist es, tausende deutsch- und
fremdsprachige Klassiker wieder in Buchform verfügbar zu
machen. Die Werke wurden eingescannt und digitalisiert. Dadurch
können etwaige Fehler nicht komplett ausgeschlossen werden.
Unsere Kooperationspartner und wir von tredition versuchen, die
Werke bestmöglich zu bearbeiten. Sollten Sie trotzdem einen Fehler
finden, bitten wir diesen zu entschuldigen. Die Rechtschreibung der
Originalausgabe wurde unverändert übernommen. Daher können
sich hinsichtlich der Schreibweise Widersprüche zu der heutigen
Rechtschreibung ergeben.

Peter Nansen

Gottesfriede

1899

Vorrede.

Indem ich hiermit im Laufe von anderthalb Jahren das vierte Buch in deutscher Sprache veröffentliche, meine ich dem deutschen Publikum und der deutschen Kritik, die meine Werke mit so grosser Liebenswürdigkeit aufgenommen haben, die Erklärung schuldig zu sein, dass diese Bücher – »Eine glückliche Ehe«, »Julies Tagebuch«, »Maria« und »Gottesfriede« – nicht in so schneller Aufeinanderfolge geschrieben sind, wie die deutsche Öffentlichkeit zu glauben geneigt sein könnte. Sie sind in Dänemark über einen Zeitraum von vier bis fünf Jahren verteilt. »Gottesfriede« ist das erste meiner Bücher, das gleichzeitig in Dänemark und in Deutschland erscheint.

Kopenhagen, im Oktober 1895.

Peter Nansen.

I.

Den 5. Juni.

So soll ich denn die Hauptstadt verlassen. Fünfzehn Jahre lang hat sie mich festgehalten, die listige Dirne, hat mir eingebildet, dass ich ihre giftige, parfümierte Luft, ihre sinnfälligen Reize, ihre anspannenden Aufregungen, ihre verfeinerte Bequemlichkeit nicht entbehren könne. Ich sass in einem Gewebe von tausend Fangfäden, ich glaubte, sie habe mich für Zeit und Ewigkeit gefangen. Ich glaubte wohl im Grunde auch, dass sie mich nicht entbehren könne. War ich nicht im Laufe der Jahre ein festes Glied der grossen Maschinerie geworden, die alle als mit dazu gehörig betrachtet? Ganz selbstverständlich nahm ich teil an dem bunten, wechselvollen Leben, bald festlich gekleidet, bald im Trauergewande, gab meine Stimme bei Entscheidung aller Tagesfragen ab, wurde gefragt und gesucht, war Ratgeber und Helfer, ein zuverlässiger Freund, ein Feind, der nicht übersehen werden durfte.

Wie müde ich oft gewesen bin! Abgearbeitet wie ein alter Droschkengaul, der, mit der Peitsche getrieben, sich doch gern platt auf das Steinpflaster gelegt hätte und dort liegen geblieben wäre, bis der Tod kam.

Todmüde bin ich von Vergnügungen und Arbeit, von steter Anspannung, dem Parteinehmen, Verteidigen, Angreifen; todmüde und im Innersten meines Herzens so gleichgültig, während ich doch weder in Worten noch im Wesen die mindeste Schlaffheit verraten darf.

Am allermüdesten aber von diesem ewigen Kampf ums Geld. Um dies Geld, das geschafft werden musste und sollte, das qualvoll aufgebracht, geliehen, verzinst, zurückgezahlt werden musste, – immer mehr, immer beschwerlicher, – eine stetig wachsende Lawine, immer drohender, mit jeder Stunde schwieriger aufzuhalten, die Arbeitsfähigkeit am Tage hemmend und den Schlaf verscheuchend wie ein Alpdruck.

Man wundert sich über den mehr oder weniger offenen Rückhalt, den der Sozialismus in steigendem Masse bei Leuten findet, die nicht zu dem Arbeiterstand gehören. Die Erklärung liegt auf der Hand. Was haben neun oder zehn von uns, die zu den obersten Klassen gehören, bei einer Staatsumwälzung zu verlieren, bei einer Änderung der herrschenden ökonomischen Gesetze und Regeln? Mindestens neun oder zehn sind wir Proletarier, die einen hoffnungslosen Kampf kämpfen, um die Einnahmen, die uns die heutige Gesellschaftsordnung gönnt, in Übereinstimmung zu bringen mit den Ausgaben, die dieselbe Gesellschaftsordnung fordert, wenn wir nicht degradiert werden wollen. Bis auf wenige Ausnahmen leben wir alle über unsere Verhältnisse, – Beamte und Künstler, Gelehrte und Kaufleute, Geistliche, Schauspieler, Obersten, Journalisten, Bürgermeister und Poeten. Was verlören wir wohl, wenn plötzlich die grosse Explosion käme, die den Staat aus allen Fugen sprengte und aus Schuldbriefen, Wechseln und Verschreibungen Fidibusse machte? Am besten haben es verhältnismässig vielleicht noch diejenigen, die von der Hand in den Mund leben. Ihre Ansprüche an das Leben sind gering, und es werden keine Forderungen an sie gestellt. Sie sind es auch nicht, die die Bewegung, die zum Umsturz führt, in Scene setzen. Männer aus unserer Mitte lehrten sie, Sozialdemokraten zu werden; die Verzweiflung der höheren Klassen hat die Ansprüche der unteren grossgezogen.

– – – Neulich brach ich den Stock übers Knie. Ich übergab mein Hab und Gut einem wohlgesinnten Rechtsanwalt, arrangierte mich mit meinem Verleger, der ein freundliches Zutrauen zu meinen Fähigkeiten hegte und sich bereit erklärte, mir auf ein Jahr oder auch zwei eine bescheidene monatliche Unterstützung zu gewähren; ich habe jetzt meinen Koffer gepackt und schiffe mich heute Nachmittag ein, – ohne Abschied von irgend jemand zu nehmen – um mich nach der alten Provinzstadt zu begeben, wo ich meine erste Kindheit verlebte, die ich seit zwanzig Jahren nicht gesehen, nach der ich mich aber, wenn die Müdigkeit in mir aufstieg, beständig gesehnt habe.

Ich habe nicht geschwankt. In demselben Augenblick, wo mein Aufbruch von der Hauptstadt beschlossen wurde, im selben Augenblick wusste ich, wohin ich mich wenden wollte. Die alte Stadt ruft mich wie eine Mutter, die getreulich dagesessen und auf ihr weit umhergestreiftes Kind gewartet hat. In der alten Stadt giebt es nichts, das mich an das erinnern könnte, was ich vergessen, dem ich entfliehen will. Sie und ich kennen einander nur aus jenen guten Zeiten, da sie das Schönste und Herrlichste war, was ich kannte, der Gegenstand meines Stolzes und meiner Bewunderung, da ich ihr allerverhätscheltstes Kind war. Sie ruft mich wie eine Mutter. Denn dort liegt meine Mutter begraben. Sie umschliesst alle die Mutterliebe, die ich in jenen Tagen mehr genoss als sonst irgend jemand, und die ich so früh verlor. Wo in aller Welt sollte ich wohl hin, wenn nicht nach dieser alten Stadt? Ich suche sie auf, um wieder ein Kind zu werden.

II.

An Bord.

Ich habe während der Überfahrt nicht geschlafen und nicht gewacht. Ich sitze in der lauen, lichten Sommernacht auf Deck und lasse träumend die Gedanken dem goldenen Kielwasserstreifen folgen, von den schweren, regelmässigen Schlägen der Maschine und dem glucksenden Plätschern der kleinen hüpfenden Wellen gegen das Schiff sanft zur Ruhe gewiegt.

Die Gedanken kehren zurück auf der Bahn des Streifens, – zurück zu dem Leben, zu der Welt, in der ich mich bis vor kurzem bewegte. So wunderlich frei fühle ich mich schon von dem allen, so fremd und überlegen stehe ich dem Ganzen gegenüber. Wie gleichgültig, leer und nichtssagend erscheint es mir jetzt. Und diesem Leben habe ich fünfzehn meiner besten Jahre geopfert. Niemand ist eifriger gewesen als ich, niemand fanatisch gläubiger. Blutjung meldete ich mich zu der Fahne meiner Partei, kämpfte tapfer und blind in den Reihen der Gemeinen, wurde befördert und erreichte wohl so ungefähr die Auszeichnungen, die mein Ehrgeiz begehren konnte. Mitten im Kampfgetöse bin ich gewesen, habe gehasst und angebetet, bin meinem Fahneneid niemals untreu gewesen, habe mich niemals dazu versucht gefühlt, habe Freunde und Feinde gewonnen, habe Gutes und Böses gethan, nach besten Kräften und bestem Wissen.

Und was war dann das Ergebnis? Glück für mich? Glück für irgend einen andern? Das letztere wohl kaum; das erste unbedingt nicht. Wenn ich nun freiwillig meine erkämpfte Stellung aufgab, – die mir sicher manche als begehrenswert neiden, – so geschieht das mit einem innigen Gefühl ihrer hoffnungslosen Unhaltbarkeit.

Um was, in des Himmels Namen, kämpft man denn? Weshalb verfolgt man einander, verdächtigt und misshandelt man einander, immer bis an die Zähne bewaffnet, immer bereit, darauf loszuschlagen? Vielleicht ist da draussen, in weiter Ferne, ein Ziel zu erreichen. Eine höhere Gerechtigkeit, eine bessere Verteilung der Güter des Daseins. Vielleicht erleben unsere Enkel eine soziale Umwälzung. Übrigens aber: werden die Menschen sich glücklicher fühlen, wenn das Ziel wirklich erreicht ist, oder werden sie sich nur beeilen, mit Unruhe im Herzen, in ungesättigtem Sehnen, einem neuen Ziel entgegen zu kämpfen? Sicherlich! Nein, es ist ein leerer Wahn, dass man das Glück durch Kampf erringt. Nur im Frieden, im Frieden mit sich selbst und mit der Welt findet man das Glück.

Wenn man daran denkt, dass sie da drinnen noch immer kämpfen. Noch hat die grosse Stadt sich nicht zur Ruhe begeben, noch summt die Bosheit und der Zorn in elektrischer Beleuchtung durch die Strassen, strömt in den Cafés zusammen, trinkt sich stumpf und dumm und erwacht dann morgen nach einem angsterfüllten Schlaf mit heissem Gehirn und bitterem Herzen. Dass sie es fertig bringen! Dass sie nicht alle eines schönen Sommermorgens mit dem Entschluss aufspringen, jetzt nicht mehr zu wollen! Und dann die Waffen von sich werfen, die heissen Gehirne in der frischen Morgenluft kühlen, das bittere Herz mit der süssen Wollust der Natur füllen, sich von aller Feindseligkeit und allem Hass reinigen, über die ganze Linie Frieden schliessen auf der einfachen, leicht fasslichen Grundlage: Wir sind alle Menschen, und wir wollen einander nichts Böses. Und ohne Blutvergiessen die Revolution vollziehen, die jede neue Revolution überflüssig macht.

– – – So sitze ich da und träume, während mich das Schiff in der schönen Juninacht über die stille See dahinträgt nach meiner alten Stadt. Und als sei es ein Bild, das meinem Traum entsprungen, so sehe ich im Sonnenaufgang, gerade als wir die Einfahrt des Fjords passiert haben, ein junges Mädchen an meiner Seite stehen, gross und stolz, mit einem Antlitz, aus dem der milde Friede leuchtet. Gleich einem Gesicht kam sie, gleich einem Gesicht schwand sie. War es aber eine Vorahnung, so nehme ich sie mit Dank hin. Eine Vorbedeutung, dass ich den richtigen Kurs gesteuert bin, um Frieden zu finden.

III.

Auf dem Mühlenberg, den 6. Juni, abends.

Wir kamen in der frühen Morgenstunde an. Mein Gepäck liess ich vorläufig an Bord, ich wusste noch nicht, wo ich wohnen wollte. Und ich schlenderte durch die schlafende Stadt. Anfänglich war mir ein wenig wirr zu Mute. Die Strasse, in der ich ging, hatte einen Namen, dessen ich mich nicht entsinnen konnte, und viele neue Häuser mit faden, glatten Durchschnittsfassaden und herzlosen Spiegelglas-Ladenfenstern.

Als ich aber auf den Markt kam, kannte ich meine alte Stadt wieder.

Ich setzte mich auf die freistehende Steintreppe vor dem Haus, in dem ich als Kind gewohnt hatte; ich schloss die Augen über dem flüchtig wiedererblickten Bilde, und so lebendig, als hätte ich ihn soeben verlassen, erstand der Marktplatz wieder in meiner Erinnerung, so wie er in meinen Kindheitstagen gewesen war.

Am Ende des Marktes fliesst die Ostau. Sie ist nicht überdeckt – wie jetzt – sie fliesst offen durch die Stadt, mit Brücken darüber und mit knorrigen, laubreichen Bäumen zu beiden Seiten. Und sie wimmelt von Booten und kleinen Schuten, auf denen Fische verkauft werden und Töpferwaren und Holzschuhe und im Herbst Obst. Dann duftet der ganze Markt, ja die angrenzenden Strassen ebenfalls, nach würzigen Bergamotten und dem Rosenhauch der Gravensteiner.

Das andere Ende des Marktes wird von dem gelbgestrichenen Königshaus mit dem gezackten Giebel beherrscht. Hier halten die alten Storchenväter der Stadt an Sommernachmittagen ihre Zusammenkünfte ab. Sie stehen je auf einem der Absätze des Giebels, zu oberst der Präsident, der die Versammlung mit lautem Geklapper eröffnet. Dann klappern sie der Reihe nach, alle die ehrwürdigen Störche, und diejenigen, die zuhören, stehen zuweilen vor lauter Eifer auf einem Bein. Aber es kann vorkommen, dass die Ratsversammlung sich in allgemeinen Zank auflöst, während alle Störche mit den Flügeln schlagen und erbittert bunt durcheinander klappern. Es kommt auch wohl vor, dass eine strebsame Storchenmadame oder ein naseweiser Storchenjunge den Versuch macht, sich in die Versammlung einzudrängen und unter kräftigen Püffen, so dass die Federn fliegen, entfernt wird.

Das alte Königshaus! Welch ein Kummer war es, als es infolge pietätloser Forderungen des Bürgerwohls einem zeitgemässen Bankgebäude zum Opfer fallen musste. Die schändlichen Ränke, die giftigen Lügen, die ins Feld geführt wurden, um es zu fällen!

Es wurde vorgegeben, dass alle die historischen Überlieferungen, die dem Königshaus seit Jahrhunderten Ruhm und Glanz verliehen, gestohlener Putz seien. Es wurde ferner behauptet, das Haus sei so vom Alter mitgenommen, dass es sich kaum mehr aufrecht halten könne, dass es eine stets drohende Gefahr für die umliegenden Gebäude sei. Ein rasender Kampf wurde im Stadtrat und in der Ortspresse zwischen dem Vertreter der Idee – dem Geschichtslehrer der Lateinschule – und den Materialisten, die das Bürgerwohl repräsentieren, gekämpft. Aber diese letzteren siegten, nachdem ein Wohlfahrtsausschuss und einige auf die Bank versessene Handwerker ein sachverständiges Urteil über die Hinfälligkeit des Königshauses abgegeben hatten. Und der Abbruch wird begonnen. Wir Kinder, deren patriotische Phantasie im Schatten des alten Hauses aufgewachsen ist, folgen mit erbittertem Kummer jedem Schlag der

Hacke, und wir geniessen einen schmerzgemischten Triumph, als die Handwerker mitten bei der Arbeit ihre Machtlosigkeit erklären und Pulver zu Hilfe nehmen müssen, um die klafterdicken Mauern des Königshauses zu sprengen. Und so fällt dann endlich der alte Riese, aber nicht von Menschenhänden. Sterbend spottet er seiner Gewaltthäter.

Mitten auf dem Markt liegt das rote Rathaus mit dem Wappen der Stadt in Gold und Farben über dem schweren, braunen Portal aus Eichenholz. Um das Rathaus scharen sich alle die Grausen der Ammenmärchen. Vor demselben stand in alten Zeiten der Pranger und der Schandpfahl, an den die Verbrecher gefesselt wurden, wenn sie öffentlich ausgepeitscht werden sollten. Hier verbüssten unter anderen die berüchtigten Räuber aus den grossen Wäldern nördlich vom Fjord den Anfang ihrer Strafe, als sie endlich nach zahllosen Schandthaten von Soldaten und Bauern der Umgegend eingefangen waren. Die Bande bestand aus einem alten Weibe, ihren sieben ruchlosen Söhnen und einem wunderschönen Mädchen, der Geliebten Erik Krumfingers, des ältesten der Brüder. Plünderungen, Schändungen, Brandstiftungen waren die geringsten ihrer Verbrechen. Auch mancherlei Mordthaten hatten sie auf ihrem Gewissen und Grausamkeiten der schrecklichsten Art. So – mein Kindermädchen wenigstens erzählte es – war es ihr grösstes Vergnügen, kleine Kinder an glühende Öfen zu binden, wenn sie einen Bauernhof verliessen, nachdem sie ihn geplündert und die erwachsenen Bewohner gemordet hatten. Es war ein Fest für die ganze Stadt, als sie, bis an die Taille entblösst, vor dem Rathaus ausgepeitscht und am nächsten Morgen nach dem Galgenhügel geführt wurden, um hingerichtet zu werden. Erik Krumfingers Liebste erregte ein gewisses Mitleid. Sie war so wunderschön von Gesicht und Gestalt, sie war so jung, und sie jammerte so kläglich, als sie gepeitscht wurde. Aber von Schonung konnte keine Rede sein. Sie war die Allergrausamste gewesen in Bezug auf das Braten der kleinen Kinder.

Rings um den Marktplatz herum liegen dann alle die alten Kaufmannshäuser und Schenken, wo die Bauern an den Markttagen einkehren, und dort ist der herrlichste Tummelplatz für die Spiele der Kinder. Fachwerksgebäude mit einer wahren Wildnis von hölzernen Galerieen mit getrockneten Heringen auf ausgespannten

Schnüren, von wackelnden Treppen und morschen Hinter- und Nebengebäuden, die hin- und herschwanken wie Betrunkene. Hier auf den Böden in den grossen Kornhaufen wird Versteck gespielt, und des Sonnabends sitze ich hinter dem Schenktisch in dem Wirtskeller der holsteinischen Madam und schenke den Bauern und dem Droschkenkutscher Weissbier und Schnaps ein. Dieser, der mein besonderer Freund ist, wohnt in einem Loch in der Mauer hinter dem Stall und führt dort in einer stets frischen Atmosphäre von Pferdedung, bei einem Spirituskocher, einem Haufen Schwarzbrot, einer Kruke Schweineschmalz und einem kleinen Stück Kümmelkäse die glücklichste Junggesellenwirtschaft, die ich mir denken kann. Aber wenn die Stimmung in dem niedrigen Keller einen gewissen Höhepunkt erreicht hat, so amüsiert man sich damit, dem alternden Droschkengaul in Branntwein getauchtes Brot zu geben, und wie ein wilder Araber saust die Kracke dann auf dem Marktplatz umher und verbreitet Schrecken und Entsetzen unter den Bauerfrauen, die mit ausgebreiteten Röcken vor der Rathaustreppe sitzen und in ländlicher Ungeniertheit ihre Privatangelegenheiten besorgen.

– – – Ich öffne die Augen und überschaue den sonnenhellen Marktplatz. Das Rathaus liegt noch da, die alten Häuser ebenfalls, ich sehe die kleinen, grünen Fensterscheiben des Schenkkellers, ich entdecke ein kleines Stück der Ostau, die sich zwischen schiefen Häusern dahinschlängelt, und über deren baufällige Poesie ein vereinzelter Fliederbusch in einem angrenzenden Garten ein jugendliches, blühendes Lächeln breitet. – – – Ich erkenne meine alte Stadt wieder, und ich erhebe mich leichten und frohen Sinnes mit einem bebenden Gefühl des Glücks, wieder daheim zu sein. Ich bin daheim, und ich will zu dem Grabe meiner Mutter. – – –

Noch ist die Stadt nicht erwacht; während ich durch die leeren Strassen wandere, habe ich ein Gefühl, als sei ich gekommen und habe sie überrascht, und ich sende allen den bekannten Gegenständen, denen ich begegne, weckende Wiedererkennungsgrüsse zu. Du grosser Gott, dort hängt noch das dicke Tau, der ungekünstelte Feuersignal-Apparat der alten Stadt vom Kirchturm herab. Wer ein Feuer entdeckte, musste an dem Tau ziehen, so dass die Glocke im Turm läutete. Unter uns Kindern ging die dunkle Sage, dass der Glückliche, der auf diese Weise eine Feuermeldung mache, einen blanken Reichsthaler ausbezahlt bekäme. Wie fleissig – wenn auch vergebens – spähte ich nicht bei jedem Spaziergang danach aus, die Flammen aus einem Haus emporschlagen zu sehen. Ich erhielt den Thaler niemals. Ob wohl das alte Tau heute noch Dienste thut, oder ob es nur noch als vergessene Ueberlieferung aus entschwundenen Zeiten dahängt?

Ich stehe still und schaue die abfallende Seitenstrasse hinab. In dem vorstehenden Eckhaus dort unten wohnten wir ja im Kriegsjahr. Ich war damals nicht älter als zwei Jahre, und doch haben die Ereignisse jener Tage unauslöschliche Eindrücke in meiner Seele hinterlassen. Die deutsche Einquartierung, Soldaten, die mit Mutter wegen der dänischen Speisen zankten, und der gemütliche weissbärtige Major Brummbass, der sich in uns Kinder verliebte, von dem ich mich aber nicht küssen lassen wollte, weil er ein Deutscher war. Vor allem aber ein paar Bilder: Meine Mutter und meine halb erwachsenen Schwestern, sowie einige andere kleine Mädchen aus der Stadt sitzen am Tisch und zupfen Charpie. Plötzlich erschallt Pferdegetrappel in der Strasse, ich eile ans Fenster, im selben Augenblick aber öffnet sich die Thür zu Vaters Studierzimmer, und mit einem kräftigen Ruck werde ich vom Fenster weggerissen. »Lasst die Rouleaux herab, niemand darf hinaussehen,« sagt Vater bleich und bewegt. »Die Deutschen kommen!« Eine unheilschwangere Stille herrscht in dem dunklen Zimmer, und bange verkrieche ich mich hinter Mutters Röcken, während der klappernde Lärm von vielen Pferden immer mehr herankommt. Dann verstummt das Geräusch plötzlich gerade unter unsern Fenstern, wir hören nur einige hastige, laute Worte, die wie Schimpfworte klingen, ein Jammern, neue Flüche, Schwüre, Säbelgerassel, unruhiges Pferdegestampf, und schliesslich einen angstvollen Aufschrei auf Dänisch. Seinem eigenen Verbot zum Trotz eilt Vater an das Fenster, Mutter und wir Kinder hinterdrein, und von einem Stuhl aus sehe ich, wie ein Mann, in dem ich unsern Schuhmacher erkenne, von einem Offizier in blendend weissem Mantel neben dem bäumenden Pferd auf dem Steinpflaster entlang geschleppt wird. Und ich sehe, wie die Strasse von glänzend uniformierten Reitern wimmelt, die sich jetzt alle in Bewegung setzen, geführt von dem Offizier, dem der Schuster als notgezwungener Wegweiser dient. Hinab an den Fjord geht es, über den die dänischen Soldaten geflohen sind.

Und dann das Bild von den verwundeten dänischen Soldaten, die nach dem unglücklichen Treffen an den Hügeln westlich von der Stadt durch die Strassen gefahren werden. So sicher war man des Sieges gewesen, denn ausnahmsweise hatten sich die Dänen diesmal in der Mehrheit befanden.

Leider war auch der Oberst, der unsere Abteilung führte, zu vertrauensselig gewesen. Im Sturmlauf liess er seine Leute das Terrain nehmen, die Hügel hinab, an deren Fuss die Deutschen im Schutz der Grabenhecke warteten. Und von der gedeckten Stellung aus streckten die Gewehrkugeln der Deutschen die vorwärtsstürmenden Dänen zu Boden wie wehrloses Wild. Hiervon hatten wir Kinder gehört, auch von der Verzweiflung des Obersten, – er lag bei einer uns nahestehenden Beamtenfamilie im Quartier, und man hatte dem Vater erzählt, wie der Oberst, der am Morgen siegesgewiss ausritt, um die Deutschen aufzuspüren, spät am Abend heimgekehrt war und sich in seine Zimmer eingeschlossen hatte, ohne Nahrung zu sich nehmen zu wollen, ohne mit irgend jemand zu reden. Jetzt, am nächsten Morgen, kam der Zug der Verwundeten. Langsam und schwer wie ein Leichenzug rollen die Wagen durch die Strassen, und auf ausgebreiteten Strohgarben ruhen die Verwundeten. Einige haben Binden um den Kopf, andere um Arme oder Beine. Die Binden sind mit Blut getränkt, und die Gesichter sind weisser als die Binden. Nicht einer der Verwundeten schaut zu den Fenstern auf, alle starren sie mit erloschenen, hoffnungslosen Blicken vor sich hin. Ich hatte damals wohl kaum solche Gedanken; es hat mir aber später immer vor der Seele gestanden, als hätten diese verwundeten dänischen Soldaten unser Mitleid weniger durch ihre körperlichen Schmerzen erregt als durch die Verzweiflung – ja, das Schmerzgefühl – über die Niederlage, das deutlich auf ihren qualerfüllten Zügen zu lesen stand. – – –

Ich gehe, ohne an den Weg zu denken, dem ich folge. Es sind zwanzig Jahre verflossen, seit ich diese Strasse zuletzt durchschritt, ihre Namen sind mir seit zwanzig Jahren nicht ins Gedächtnis gekommen: wie an einer unsichtbaren Hand, ohne Nachdenken, ohne Tasten, werde ich genau dahin geführt, wohin ich gehen will. Ich bin in dem Heim meiner Kindheit, ich bin in meines Vaters Haus; mein Fuss strauchelt nicht auf dem heimischen Boden.

So stehe ich, gerade als der Hahn zum dritten Mal seinen Morgengruss über die Stadt hin kräht, in der kleinen Strasse, die nach dem Friedhof hinabführt. Die niedrigen, strohgedeckten, gelben Häuser, in denen die alten Kranzbinderinnen wohnten, nehmen noch immer die Strasse ein, und wie vor zwanzig Jahren hängen noch – als seien es dieselben – einfache Epheu- und Mooskränze mit Immortellen an den kleinen Thüren mit den Klinkschlössern. In einem der Häuser steht ein Fenster offen und, herbeigelockt durch den morgenfrühen Wanderer, steckt ein Mütterchen den Kopf heraus. Ich kaufe ihre Kränze, lege die bescheidene Bezahlung in ihre runzelige Hand und, von ihrem Segen begleitet, durchschreite ich die Pforte, die zum Friedhof führt, wo mich Vogelgezwitscher und Cypressenduft und morgenfrische Blumen empfangen.

Meiner Mutter Grab liegt abseits von dem Haupteingang in einem stillen, entlegenen Winkel unter Hunderten von andern Gräbern. Die unsichtbare Hand leitet mich die halb zugewachsenen Steige entlang, die sich zwischen den Rasenhügeln hinschlängeln, und dann stehe ich plötzlich vor dem kleinen, mit einer Hecke umfriedigten Fleck, wo Mutter ruht, mit einem Kinde an jeder Seite: ein grösserer Hügel zwischen zwei ganz kleinen. Frischer Epheu bedeckt alle Gräber und windet sich um das schlichte Marmorkreuz auf Mutters Grab. Dahinter, so dass die schweren lila und goldigen Blütentrauben darauf herabhängen, steht ein Goldregenbaum und ein Fliederbusch, und in einer jeden der vier Ecken des kleinen Friedhofbeetes entfalten Rosenbäume durch die Regenthränen der Nacht ihre rosa und weissen Knospen an dem Lächeln der Morgensonne.

Ich setze mich auf die grüne hölzerne Bank, ich liebkose mit dem Blick den Namen auf dem Kreuz gegenüber, und ich rede mit meiner Mutter.

»Ich bin zu Dir gekommen, Mutter, um Frieden zu finden. Zwanzig Jahre lang weilte ich fern von Dir, war ich weit, weit fort unter fremden Menschen. Als ich zuletzt hier sass und Abschied von Dir nahm, wusste ich nicht, was ich verlor. Ich war ein Kind und Du eine junge Frau. Jetzt bist Du eine kluge, alte Frau und ich ein tagesmüder Mann, und mein Haar fängt bereits an zu ergrauen.

Schenk' mir den Frieden, den Du längst gewonnen hast, und ich bleibe bei Dir!«

Es ist mir, als sässe meine Mutter mir gegenüber, eine alte Frau mit weissem Haar und sanften, braunen Augen. Ich vergesse Zeit und Stunde, während ich ihr so in die Augen schaue, bis mich die sieben schrillen Töne der Kirchenglocke, die über den Friedhof dahinschallen, wecken. Ich nehme die Kränze, die ich noch immer auf dem Arm trage, und lege sie knieend auf das Grab. »Hab' Dank, Mutter, – hab' Dank für alles, – in alten Zeiten und jetzt.«

Aber in meinem Herzen regt sich noch ein anderer Dank, während ich langsam, umsaust von Vogelgezwitscher und dem Spiel des Windes in den Baumkronen, den stillen, süssduftenden Garten des Todes verlasse. Ein Dank für die Treue der alten Stadt, die meiner Mutter Grab nicht hat öde liegen lassen, die es gehegt und gepflegt hat. Giebt es wohl ein so langes Erinnern, eine so beständige Treue in den grossen Städten, wo das Neue eines jeden Tages lärmend vorwärts stürmt und alles Vergangene beiseite pufft? Dort gedenkt man des Todes nur in prahlerischen Aufrufen im Inseratenteil der Zeitung. Dort sind die Friedhöfe zu gross und zu weit entfernt. Die Toten müssen für sich selber sorgen. Die alte Stadt hat die Toten in ihrer Mitte, stets zugegen, in einem liebevollen Erinnern lebend. Ich danke Euch, Ihr Freunde meiner Mutter in der alten Stadt, ich kenne Euch nicht mehr, ich bringe Euch den stillen Dank meines Herzens dar.

– – – Ich beschliesse meine Wanderung auf dem Mühlenberg, und dort bleibe ich.

Der Mühlenberg liegt dicht vor der alten Stadt, ist ihre Lustanlage, ihr Stolz. Selten fand auch eine Stadt einen so herrlichen Fleck zu einem öffentlichen Park. Ein hochherziger Bürger verwandelte vor einem Jahrhundert den Mühlenberg in eine Anlage, indem er ihn bepflanzte, durch Treppen- und Wandelalleeen in Terrassen abteilte, ihn durch Tannen und Fichten gegen den Wind schirmte und dann in diesem Schutz Buchen und Ziersträuche aufwachsen liess. Er entriss dem Westwind die Macht und verlieh der Sonne die Oberherrschaft, schuf so auf dem öden Mühlenberg einen fruchtbaren Garten. Hier hinauf ziehen die Bewohner der alten Stadt an Sommernachmittagen mit Proviantkörben und Trinkwaren, lassen sich im Pavillon auf der ersten Terrasse kochendes Wasser zum Kaffeemachen geben und richten sich in den Lauben häuslich ein. Auf den oberen Terrassen im Walde aber spielen die Knaben Räuber und Soldat.

Mit der geheimen Angst, enttäuscht zu werden, lange ich auf dem Mühlenberg an. Denn in meiner Erinnerung aus den Kinderjahren steht er als etwas ganz märchenhaft Grosses und Schönes da. Der Hügel ist Berg, Wald und Urwald.

Mit einem Lächeln sehe ich, dass das Grossartige verschwunden ist. Sowohl der Hügel als auch die Bäume scheinen mir eingeschrumpft zu sein. Es ist nichts Märchenhaftes, nichts Phantastisches an dem Mühlenberg. Seine Schönheit aber ist zuverlässig. Ein lieblich lächelndes Idyll. Und auch das Grossartige fehlt dem Mühlenberg nicht, er hat seine Aussicht.

Ich bin bis zum »Pavillon« hinaufgelangt, einer gelben, aus Holz erbauten Villa, wo der eine Kellner und eine Heerschar von Spatzen im Begriff sind, die kleinen Wirtshaustische von den Abfällen der Proviantkörbe zu säubern. Zu meinen Füssen liegt die ganze Stadt und dahinter der Fjord, der sich gleich einem spiegelblanken Fluss zwischen Hügeln und Wiesen dahinschlängelt. Meilenweit schweift der Blick nach beiden Seiten, über eine Unendlichkeit von Himmel, Wasser und sommerlich üppigem dänischen Lande, über die Stadt, deren rote Dächer an den grünen Abhängen des Mühlenberges herabgeglitten zu sein scheinen.

Hier habe ich meine ganze Stadt, und im selben Augenblick fühle ich, dass ich hier wohnen muss. Ich lasse den Wirt durch den Kellner rufen, und fünf Minuten später bin ich in den beiden Giebelstübchen des Pavillons einquartiert, die sonst nicht vermietet werden; der Pavillon hat sonst überhaupt keine Logiergäste; man überlässt mir diese Zimmer nur, weil ich mich bereit erkläre, sie auch für den Winter zu mieten. Und nun habe ich mein künftiges Heim in Ordnung. Hier ist kein Luxus, wohl aber alles, dessen ich bedarf: ein gutes Bett im Schlafzimmer, und in meiner Wohnstube ein Arbeitstisch, einige Stühle, ja obendrein noch ein Sofa.

Meine Bücher sind ausgepackt, meine Pfeifen gestopft. Seit meiner ersten Studienzeit habe ich keine Pfeife gekostet.

Gott sei mit Euch, Havannacigarren und Cigaretten, was seid Ihr doch gegen die Züge unverfälschten holländischen Knasters, den ich in diesem Augenblick rauche, während ich an meinem Giebelfenster sitze und auf meine alte Stadt hinausschaue!

IV.

Den 12. Juni.

Hoch oben auf dem Mühlenberg, über dem Walde, auf dem offenen Kamm des Hügels ragt die Mühle empor, weiss mit schwarzen Schwingen auf ihrem grünen Erdwall. Es ist die beste Mühle in der ganzen Umgegend, denn sie hat immer Wind genug. Sie dient gleichzeitig auch dem Fjord als Seezeichen, man sieht sie in einer Entfernung von mehreren Meilen.

Dem Müller gehört der Grund und Boden oben auf dem Hügel bis dort hin, wo die Anlagen beginnen. Der nordwärts nach dem Fjord zu gelegene Abhang liegt öde und unbebaut. Aber auf der nach Süden gelegenen Böschung ist ein grosses Stück umfriedigt und in einen Garten verwandelt. Der Müller ist bei dem Mann, der die Anlagen schuf, in die Lehre gegangen. Er hat Wind und Wetter getrotzt, hat eine schirmende Hecke nach Westen zu errichtet, hat die sandige Erde des Hügels mit mühsam angefahrener fetter Erde aus dem Ackerland vermischt, hat gedüngt und bewässert, gehackt und gegraben, bis er seinen schwebenden Garten blühen und gedeihen sah.

Ich entsinne mich des halb widerwilligen Respekts, mit dem die Bewohner des Städtchens von dem Müller sprachen. Man bewunderte seine Tüchtigkeit, man wurde abgestossen von seinem barschen Sonderling-Wesen. Es stand in seinem Kontrakt mit der Stadt, von der er seinerzeit den Grund und Boden kaufte, dass sein Besitz zu jeder Zeit allen offen stehen sollte, die die Aussicht bewundern wollten. Aber obwohl er keinen Versuch machte, diesen Kontrakt zu umgehen, so fühlten sich die Bewohner des Städtchens doch nicht wohl auf seinem Gebiet. Jedenfalls hielt man sich in ehrerbietiger Entfernung von seinem Haus und seinem Garten. Selbst wir Knaben, die nicht leicht von einem Raubzug in einen Obstgarten abzuschrecken waren, liessen im Herbst die berühmten Äpfel und Birnen des Müllers in Frieden reifen. Es waren auch ganz bösartige Gerüchte über den Müller im Umlauf. So erzählte man, er behandle seine junge, schöne Frau, eine Pächterstochter aus einer südlicher gelegenen Gegend, mit tyrannischer Härte. Vielleicht waren die Gerüchte nur dadurch entstanden, dass die Frau des Müllers ebenso abgesondert und eingeschlossen lebte wie er selber, etwas, das nach Ansicht der gastfreundlichen und geselligen Bevölkerung doch schwerlich auf freiem Willen beruhen konnte –; jedenfalls nahmen diese Gerüchte keine günstigere Wendung, als die junge Frau wenige Monate nach ihrem ersten Wochenbett starb und ihrem Mann eine kleine Tochter hinterliess, die weder eine Amme noch ein Kindermädchen erhielt, sondern von dem Müller selber und von seinem Gehilfen gewartet wurde. Das kleine Mädchen, der Gegenstand des Mitleides der ganzen Stadt, mochte wohl zwei bis drei Jahre zählen, als wir fortzogen. Mit scheuer Neugier hatte ich sie oft betrachtet, wenn sie in ihrem Kinderwagen, – einer einfachen Holzkiste auf vier Rädern – von dem alten, buckeligen Müllergesellen auf dem Mühlenwall umhergefahren wurde.

Ich habe jeden Tag einen Spaziergang nach der Mühle hinauf gemacht. Wir haben westliche Stürme gehabt. Ich habe das grossartige Schauspiel des erregten Fjordes genossen, und ich habe, als der Sturm abflauete, dem fernen Donnergetöse von Westen her gelauscht; dem Wellenschlag des fünf Meilen weit entfernten Meeres.

Ich fand die Mühle noch an ihrem alten Platz, zu meinem Staunen aber standen die Flügel still. Ich dachte:»Der Müller muss sich in seinen alten Tagen sehr verändert haben. Er mag die Mühle wohl nicht mehr im Sturm gehen lassen.« Aber auch heute, bei gelindem Wetter, wo nur ein ganz gewöhnlicher, massiger Wind über dem Walde wehte, ruhte die Mühle in unerschütterlicher Gleichgültigkeit. Der Wind rüttelte an den gerefften Segeln; die muntere, durch Wolken lächelnde Sonne spielte in den Kippen der Flügel. Aber die Mühle liess sich nicht wecken. Und das Allerwunderbarste: gegen einen der Flügel gelehnt, so sicher ruhend, als sei keine Gefahr denkbar, stand ein junges Mädchen in einem enganschliessenden, blauen Leinenkleide; die Arme über der hohen Brust gekreuzt, schaute sie hinaus in die offene Landschaft. Sie hörte mich nicht. Sie schien gleich einem Dornröschen am Fusse der schlummernden Mühle zu träumen.

Sollte der Müller tot sein? Sollte kein Nachfolger die Mühle und die Arbeit als Erbe übernommen haben?

Als ich vor kurzem nach Hause kam, fragte ich im Vorübergehen meinen Wirt, ob der alte Müller noch da oben wohne. Freilich, er wohne dort noch.

V.

Jeden Tag unternehme ich lange Wanderungen in der Stadt und durchstreife sie die Kreuz und die Quere. Bei jedem Schritt erwacht eine Erinnerung. Ich komme mir vor wie ein Entdeckungsreisender in meiner eigenen Seele: Stein auf Stein baut sich in mir ein Königreich von guten Erinnerungen auf, die ich seit langen Jahren habe zu Ruinen verfallen lassen. Die alte Stadt mit der Sonntagsstimmung der Kinderzeit lebt wieder in mir auf, und sie bevölkert sich mit einem Grewimmel von lieben Gestalten. Einige von ihnen treffe ich noch in den Strassen umherwandelnd. Alte Schullehrer, die schon damals, als ich noch zu ihren Schülern zählte, mit denselben bedächtigen oder eilig trippelnden Schritten zur Schule gingen, ehrwürdige Bürgersleute, deren lächelnde, gastfreundliche Gesichter ich noch aus den Kindergesellschaften ihrer Söhne kannte, und junge eifrige Geschäftsleute, in deren ernsten Familienversorger-Mienen ich plötzlich die Kinderzüge eines alten, vergessenen Spielkameraden auftauchen sehe. Ich wandle wie ein Harun al Raschid in den Strassen von Bagdad. Beobachtend, wiedererkennend, ohne selber wieder erkannt noch beobachtet zu werden. Nur hin und wieder einmal begegne ich einem verstohlenen, prüfenden Blick, der zu sagen scheint: »Da ist wohl ein Fremder in die Stadt gekommen.«

Andere Gestalten steigen vor mir auf, während ich die Namen der Ladenschilder studiere. Es will mir scheinen, wenn ich dieselben Läden, dieselben Kaufmanns-, Bäcker- und Handwerkernamen an demselben Platz finde, wo ich sie zuletzt gesehen, als seien das Leben und die Entwickelung in der alten Stadt stehen geblieben seit dem Tage, an dem ich sie verliess. Ich muss mir selber sagen: »Es sind ja doch erst zehn Jahre verflossen.« Denn ich komme mir vor wie ein alter, alter Mann, der, nachdem er viele, viele Jahre im Zauberberge gelebt hat, in die Heimat zurückkehrt. Ich kann eigentlich nicht begreifen, dass nicht alles verändert ist, dass nicht alle Menschen, die ich gekannt habe, tot sind.

Viele von ihnen sind es freilich. Von einigen weiss ich es aus Erzählungen, von andern vermute ich es, weil ich sie nicht mehr in ihrem gewohnten Winkel finde. Auch diese Gestalten erstehen vor mir aus dem Pflaster, das sie einst getreten, und das ich nun trete, ohne ihnen zu begegnen.

Am deutlichsten sehe ich das Fräulein vor mir, das eine Schule für die Knaben aus den besseren Familien der alten Stadt hatte. Die dicke, gute, alte Person, der die Mütter ihre Sprösslinge so ruhig anvertrauen konnten, denn sie nahm sich ihrer nicht nur als Schullehrerin an, sondern auch als Kindermädchen und zärtliche Tante. Mit ihren rundlichen Fingern befreite sie uns von unsern Milchzähnen, wenn diese zu wackeln begannen; zu ihr wurden wir an solchen Tagen gesandt, an denen unsere Eltern infolge eines Storchenbesuchs oder anderer störender Familienangelegenheiten gern von uns befreit sein wollten. Sie schenkte uns die ersten Theaterbillets, und wenn wir den ersten jedes Monats unsere vier Mark Schulgeld bezahlten, so gab sie denen von uns, deren Eltern in bedrängten Verhältnissen lebten, zwei davon wieder, damit sie sich »etwas Nützliches« dafür kaufen sollten. Auch lag sie zum Gaudium für uns Knaben am Fastnachts-Montag bis gegen Mittag im Bett und schwitzte, damit wir sie alle mit unsern Ruten wecken und mit den Fastnachtskuchen belohnt werden konnten, die sie zu diesem Zweck in einem grossen Marktkorb unter dem Bett zu stehen hatte.

Du gutes, altes Mädchen, in Deinem grossen Herzen pochte die ganze kindliche Unschuld der grossen Stadt. Ich errichte Dir ein Ehren-Denkmal, das Deine Knaben Dir schon längst geschuldet haben.

VI.

Den 20. Juni.

Natürlich ist das junge Mädchen, das ich neulich oben bei der Mühle sah, die Tochter des Müllers. Ich Dummkopf, dass ich das nicht sogleich begriff. Sie muss jetzt ja längst ein erwachsenes Mädchen sein.

Sie will mir nicht aus den Gedanken. So stolz, wie sie dastand, hochschwebend, weitschauend, hoch über der Stadt und dem Walde, ja selbst über dem Mühlenberg. Welche Träume mögen wohl ihre Brust geschwellt haben, welch ein Sehnen mochte es wohl sein, das ihre gekreuzten Arme zurückdrängte. Sah sie von ihrem hohen Stand mit Verachtung herab auf der Menschen erdgebundenes

Streben, oder war ihr Verlangen darauf gerichtet, hinabzusteigen und teilzunehmen an dem geschäftigen Treiben?

Am liebsten vergegenwärtige ich sie mir als die Göttin des grossen Friedens, die Göttin, der ich huldige. Hier auf dem Mühlenberg ist ihr Tempel errichtet, und aus der Mühle erbaue ich ihr einen Hochaltar. Hier hinauf ruft sie zu glücklichem Frieden in dem unbefleckten Reich der Natur alle, die mühselig und beladem dem Staub und den Mühen des Alltagslebens zu entrinnen suchen. Ihr Schoss bietet dem Haupt des mühen Wanderers das duftende Kleeblatt der Wiese, ihr Auge spiegelt das Blau des Himmels wieder, und ihre Stimme singt den flüsternden Wiegegesang des Windes in den Kronen der Bäume.

Bin ich ein Narr, Du schöne Müllerstochter, dass ich den Glorienschein der Dichtung um Deine Stirn winde, Dich zur Göttin meines Glückstraumes erküre. Bist Du vielleicht ein ganz gewöhnliches kleines Bürgermädchen, das sich sittig nach einem Bräutigam, nach dem Aufgebot und dem Brautbett sehnt? Hast Du vielleicht Deinen Müllerburschen schon gefunden? Spähtest Du nach ihm aus, als Du auf dem Hochaltar standest?

Gleichviel: ich lasse Dich stehen, wie mein Traum Dich hingestellt hat. Ich kenne Dich nicht und will Dich nicht kennen lernen. Keine brutale Wirklichkeit soll Dein heiliges Bild schänden.

VII.

Den 25. Juni.

Ich erhielt heute durch meinen Verleger meine Post aus der Hauptstadt. Einen ganzen Haufen gleichgültiger Briefe und auch einen Brief von meiner Geliebten.

Sie fragt verwundert, gekränkt und betrübt, ob mich denn die Erde verschlungen hat. Sie hat mich vergeblich erwartet und mich aufgesucht. Von einem gemeinsamen Bekannten hat sie dann gehört, ich solle mit einer Dame ins Ausland gereist sein. Und nun sendet sie mir ihren Brief aufs Geratewohl unter meiner alten Adresse: »Ich weiss ja nicht, ob er Dich erreichen wird, doch war es mir, als müsste ich Dich auf irgend eine Weise fragen, ob das Gerücht wahr ist. Ich muss es ja fast glauben. Habe ich es denn aber verdient, dass Du so gegen mich handelst? Habe ich jemals Dir gegenüber gefehlt? Habe ich mich Dir nicht im Gegenteil in allem gefügt und mir Mühe gegeben, genau so zu sein, wie Du mich haben willst: Dich nicht gequält weder mit übermässiger Zärtlichkeit noch mit Eifersucht? Jetzt, wo Du mir einen so bitteren Schmerz zugefügt hast, möchte ich wünschen, dass ich Dich hassen könnte. Ich kann es nicht. Schreibe mir nur zwei Worte, dass Du bald zu mir zurückkehren willst, und ich liebe Dich jetzt wie immer.« – –

Sie kann mich nicht hassen, sie bildet sich ein, dass Liebe und Hass einander notwendig ergänzen müssen. Ich bin im Gegenteil davon überzeugt, dass die grösste Liebe niemals, wie schändlich sie auch gemartert wird, in den Gegensatz des Hasses umschlagen kann. Sie aber, die mir diesen Turteltaubenbrief sendet, ist nur insofern eine Taube, als sie liebeskrank zu kurren versteht, sie kann niemals ein Habicht werden, denn sie ermangelt jenes Gefühls-Fanatismus, der Klauen und Schnabel wetzt. Sie wählte mich zum Liebhaber, weil es ihrer Eitelkeit schmeichelte, von mir vorgezogen zu werden. Jetzt, wo ich fort bin, fühlt sie eine gewisse Leere. Sie wünscht mich zurück; denn es kränkt sie, dass ich aus eigenem Antrieb von ihr gegangen bin. Aber in geraumer Zeit wird das Glück, das sie begehrt, wieder für sie blühen. Der leere Platz wird von einem neuen Geliebten eingenommen werden, der, wenn auch andere, so doch ebenso grosse Vorzüge besitzt wie ich. Ihr Groll gegen mich wird schwinden, und wenn wir uns nach Jahren wiedersehen, werden wir uns heiter begrüssen wie zwei Freunde, die keinen Lebensernst miteinander gemeinsam haben, kaum ein denk- oder vergessenswürdiges Erlebnis.

Das ist der Knotenpunkt. Und das ist die Erklärung, dass ich fortreisen konnte, ohne es als eine Notwendigkeit zu empfinden, Abschied von ihr zu nehmen. Hier war keine Rede von einem Bruch. Was hätte ich ihr anders sagen können, als: Hab' Dank für die Zeit, die wir uns gekannt. Hier war kein Knoten, der hätte durchschlagen werden müssen, nur eine lose zusammengeheftete Kotillonschleife, die in ihre beiden Bänder zu trennen war, in das weisse und das rote. Ich konnte mich nicht überwinden, die landläufigen flauen Trostes- und Dankesworte bei diesem Scheingrab zu sprechen. Ich schämte mich, in einer Scene von so offenbarer Leere mitzuspielen, ihr, die sich sicher nicht das Vergnügen versagt haben würde, sich nach den besten Mustern im grossen Drama zu versuchen, die fälligen Antworten zu geben.

»Wenn ich den Entschluss fasste, von der Hauptstadt aufzubrechen, so war in meinem innersten Innern vielleicht das der stärkste Beweggrund, dass ich nicht gerade ihr, meiner letzten Geliebten, sondern dem ganzen Liebes-Sport entrinnen wollte, der in der Oberflächen-Gesellschaft der grossen Stadt betrieben wird, und dem ich mit so grossem Eifer gehuldigt hatte. Hauptsächlich gehuldigt hatte, weil ich dadurch einer Lust frönte, die Liebe zu verhöhnen, sie herabzureissen von dem schwindelnd hohen Piedestal, das der blinde Glaube meiner Jugend ihr errichtete; – mit dem Resultat, dass ich selber eines schönen Tages, an allen Gliedern zerschlagen, am Boden lag.

Ich hatte geliebt und war getäuscht worden. Ich zwang meinen Kummer in mich hinein, ich schwur einen stillen Eid, dass ich mich zum ersten und zum letzten Mal von der Liebe hatte zum Narren halten lassen. War ich erobert worden, so wollte ich jetzt erobern. Hatte man mit mir gespielt, so wollte ich jetzt mit andern spielen. Ich hatte keine Lust, wehe zu thun, wie man mir wehe gethan hatte. Ich wollte nur die Liebe von oben herab nehmen, so wie sie mich einstmals beim Nacken gepackt hatte. Und ich wollte andere lehren, dasselbe zu thun. Wollte sie lehren, dass die Liebe nicht wert ist, für etwas anderes als für einen Scherz angesehen zu werden! Dass es sich am allerwenigsten verlohne, das Leben dafür einzusetzen. Ich lehrte, dass man bei der Liebe stets das Leben einsetzt, auch wenn man es gar nicht will. Ich fühlte, dass ich mein Leben vergeudete, während ich mich auf dem besten Wege glaubte, mich zum Herrn der Liebe zu machen. Ich erwachte eines Morgens in grosser Angst: Siehe, die Jahre schwinden. Wo sind sie geblieben, alle, mit denen Du spieltest? Was hast Du in die Scheuer gesammelt von den Gefühlen, die Du in Wind und Wetter aussäetest? Tropfenweise liessest Du Dein Herz verbluten und sich zu Grunde richten, Du gabst wenig und empfingest nichts, gabst so oft, dass Du bald nichts mehr übrig haben wirst. – –

Ich werde meiner erzürnten Geliebten antworten: Ich wünsche Dir, die Du meine allzu gelehrige Schülerin warst, dass Du einst einen treffen mögest, der Dich lieben lehrt.

Vielleicht werde ich sie dann allenfalls lehren, zu hassen.

Denn dumm ist sie nicht.

VIII.

In den letzten Tagen des Juni.

Ich will ein Buch über die alte Stadt schreiben. Nicht, wie sie ist, – ich mache mir nichts daraus, mit der kritischen, psychologischen Methode, die mir sehr wohl zu Gebote steht, die Sonde in sie hinein zu bohren und ihre Eingeweide auszukehren, – auch nicht, wie sie war, sondern so, wie ich sie sehe und sie wiedersehe unter dem blauen Glase der Kindheitserinnerung; – – – – in einem Sonnennebel stiller Freude und Wehmut ohne Bitterkeit. Es soll ein Buch für alle die sein, die gleich mir das Bedürfnis haben, sich in eine warme, trauliche Ecke zu setzen, die von der Umwelt abgeschlossen ist, und wo die Seele für eine Weile ihr Blumenleben in einem Klostergarten leben kann. Es wird ein Buch sein ohne aufregend Neues, ohne blendende Farben; es wird keine Spannung, kaum Handlung darin sein. Mein Zweck wird erreicht sein, wenn diejenigen, die es lesen, eine Empfindung dabei haben, als hätte ich einen Strauss einfach gefärbter, einfach duftender Feldblumen in ihr Zimmer getragen. – – –

Dreimal wöchentlich ist die Stiftsbibliothek geöffnet. Da sitze ich im Lesezimmer und blättere in den vergilbten Folianten, in denen in zierlich geschnörkelter Schrift das Leben und die Begebenheiten der alten Stadt verzeichnet sind. Ich werde wohl kaum Verwendung haben für die Studien, die ich mache. Aber ich sauge durch das Versenken in entschwundene Zeiten die Stimmung milder Ferne ein, mit der ich mein Buch gern füllen möchte. Auch nicht allein der alten Folianten wegen besuche ich die Bibliothek, der Ort selber zieht mich an. Oft vergesse ich die Bücher, die vor mir liegen, ganz, lehne mich in den breiten, verschlissenen Schweinsleder-Armstuhl zurück und verliere mich in träumendes Beschauen. Die Bibliothek ist in dem alten Brüderhaus eingerichtet, wo in der katholischen Zeit die Mönche wohnten, und wo in den ersten Jahrhunderten nach der Reformation die Lateinschule gehalten wurde. Das Zimmer, in dem ich sitze, war das Refektorium des Klosters. Ein ziemlich langer Raum mit dicken, weissgekalkten Mauern und drei niedrigen, spitzigen Deckenbogen. Der Thürbogen in der einen Längswand ist so niedrig, dass ein erwachsener Mann sich beugen muss, um hindurch zu kommen. Hier öffnet sich die Aussicht zu den Bibliothekszimmern, mit ihren Borten voll verblasster gelber und blauer Bücherrücken. An der andern Längswand befinden sich drei Fenster, je eins für einen Deckenbogen. Fenster, die in tiefen, bogenförmigen Ausschnitten sitzen und winzig kleine, bleigefasste Fensterscheiben haben, die von der Sonne grün und rauchgelb gebrannt sind. Die Fenster reichen fast bis an den Fussboden, und draussen liegt der Bibliotheksgarten, eine Ecke des alten Klostergartens und des Friedhofes. Es ist ein fruchtbarer Boden mit schwellendem Buschwerk und einem prangenden Blumenflor in fetten, schimmernden Rasenflächen. Zwischen einer Gruppe unter der Last der Früchte gebeugter Obstbäume erhebt sich ein hoher, flacher, halb verwitterter Grrabstein mit einer fast verwischten Inschrift. Am häufigsten aber verweilt doch mein Blick bei der hohen, gelben Mauer, die den Garten umschliesst und nach einer schmalen Gasse hinaus liegt. Da ist eine Stelle, wo diese Mauer doppelt wird und einen kleinen viereckigen Raum umschliesst. An der Innenmauer erblickt man Spuren roh ausgehauener Stufen, und zwischen den Mauern fristet ein Baum, von dem sich jetzt nur noch einzelne Zweige belauben, sein kümmerliches Dasein. Ich betrachte die Stufen in der Mauer und den verkrüppelten Baum, und ich träume von dem jungen Mönch, der hier, wo ich jetzt sitze, gesessen und dem Plaudern der alten Brüder beim Abendbrot gelauscht hat. Seine Gedanken aber weilen anderwärts, er folgt dem goldenen Spiel des Sonnenunterganges im Laubwerk vor den niederen Fenstern, und sein Herz pocht unruhig. Und dann sind die Brüder zur Ruhe gegangen, die Nacht hat sich auf den Klostergarten herabgesenkt. Vorsichtig aber wird die Thür zum Refektorium geöffnet, der junge Mönch schleicht sich an eines der Fenster, löst die Hängen und schwingt sich in den Garten hinaus; im Dunkel der Nacht tastet er sich bis an die Mauer, steht jetzt auf der obersten Stufe, biegt einen der Zweige des Baumes bis zu sich herab, lässt ihn zurückschnellen und befindet sich nun in dem Raum zwischen den beiden Mauern, wo seine Geliebte, in Männerkleider vermummt, ihn erwartet und bei ihm bleibt, während die Nachtigallen in dem Gebüsch des Klostergartens schlagen.

Ich will ein Buch schreiben von der alten Stadt und von ihrem Klosterfrieden. Ich will auch gern die Nachtigallen über dem jungen Mönch und seinem verborgenen Liebesglück singen lassen.

IX.

Den 1. Juli.

Mir ist ein Stück Märchen begegnet. Heute Morgen sitze ich, wie gewöhnlich, vor dem Pavillon und füttere meine Spatzen. Es waren viele Spatzen auf dem Mühlenberg, als ich hierher kam. Es sind von Tag zu Tage mehr geworden, und sie nehmen beständig zu an Dreistigkeit. Allmählich kommen sie buchstäblich in mein Wohnzimmer herein, um zu sehen, ob ich nichts für sie habe, und wenn ich eines Morgens mit der Fütterung auf mich warten lasse, melden sie sich, indem sie an mein Fenster picken und ungeduldig auf dem Fensterbrett schreien.

Wir sind eben bis zur Schlussnummer gekommen: dem grossen Stück Weissbrot, das ich mitten auf den Tisch lege und über das die ganze Bande herstürzt, in das sie hineinhackt und mit dem sie herumreisst und zerrt, bis ein dreistes Paar nach einem geschickten Einhieb mit vereinten Kräften diesen letzten Riesenbissen davonschleppt.

Im selben Augenblick gewahre ich ein junges Mädchen in hellem Kleide, das auf der Treppe zu dem oberen Hügelabsatz steht, und das offenbar Zeuge meines Spiels mit den Spatzen gewesen ist. Sie errötet, als mein Blick dem ihren begegnet, sie scheint verwirrt, dass ich sie überrasche, wie sie mich belauscht, sie macht eine Bewegung, als wolle sie umwenden und fliehen, dann besinnt sie sich, steigt mit ruhigen Schritten die Treppe hinab und geht geradeswegs auf mich zu.

Ich erhebe mich und begrüsse sie, sie macht eine schwache Neigung mit dem Kopf, sagt dann mit einer Sicherheit, die vielleicht erkämpft ist, die aber natürlich erscheint: »Ich habe etwas für Sie.« Und sie zieht ein zusammengefaltetes Blatt aus der Tasche und reicht es mir. Erstaunt sehe ich sie an und öffne das Papier. »Nicht wahr,« fragt sie, »das ist das Ihre? Ich kannte Sie wieder, als ich Sie vorhin sah.« Was sie mir giebt, ist ein Blatt, das mir während der Überfahrt auf dem Schiffe fortgeflogen ist, und auf das ich einige sehr offenherzige Zeilen geschrieben habe. »Ja, das ist meins,« erwidere ich. »Woher aber kennen Sie mich, und woher wussten Sie, dass das Papier mir gehört?«

Sie lächelt munter. »Kennen Sie mich denn gar nicht? – – Ach nein, natürlich, es war dumm von mir, zu fragen; Sie sahen mich gewiss kaum.«

Jetzt hab' ich's. Und triumphierend rufe ich aus: »Sie waren es, die bei Sonnenaufgang an Bord plötzlich an meiner Seite standen.« – »Ganz recht, nur mit der Ausnahme, dass ich nicht plötzlich dort stand. Ich bin keine Hexe oder sonst irgend eine Zauberin, wenn ich auch auf einem Berge wohne.«

Dass ich das nicht sogleich sah! Das ist ja die Tochter des Müllers. Das Mädchen oben vom Hochaltar.

Dann reicht sie mir die Hand. »Leben Sie wohl und verzeihen Sie, dass ich Sie gestört habe. Aber ich dachte,« – und sie sah mich ernsthaft an – »dass Ihnen daran läge, das Papier wieder zu haben. Und als ich es beim Landen auf dem Schiff fand, waren Sie bereits fort.«

Ich stand da und schaute ihr nach, während sie mit ihrem festen, ruhigen Gang von mir weg und an die Treppe ging. Leicht und schnell lief sie hinauf und war wie eine weisse Erscheinung zwischen den dunklen Tannen verschwunden.

Ich hatte einen Aufschrei auf den Lippen, der sie zurückrufen sollte; ich war auf dem Sprunge, ihr nachzueilen. Es war, als müsste ich sie noch nach so mancherlei fragen, über so vieles mit ihr reden, ihr alles Mögliche erklären. Im selben Augenblick aber dachte ich: Nein, es ist am schönsten so, wie es ist. Die Worte, die zwischen uns fielen, bringen keinen Missklang in die Stimmung. Meine Gröttin ist vom Berge herabgestiegen, hat sich mir in einem flüchtigen Augenblick offenbart und ist wieder verschwunden.

Ich stehe aber noch lange da und starre mit grossen Augen auf den Fleck, wo sie verschwand.

X.

Ist sie hübsch? Wie sieht sie eigentlich aus? – Ich will versuchen, mir über den Eindruck klar zu werden, den sie auf mich gemacht hat.

Die Luft wird hoch und rein, wohin sie tritt. Sie ist so frisch erschaffen in ihrer vollen Reife, strahlend von junger Schöne und unbewusster Güte. Ihre Augen sind tief und zärtlich, aber klar und offen wie die eines Kindes. Mögen sie lächeln oder sich im Ernst verdunkeln, stets sagen sie ihre Ansicht gerade heraus, es ist nichts Verschleiertes in den Winkeln. Ihr Busen ist hoch und rund, ihre Taille schlank, ihre Hüften üppig. Aber sie trägt ihre schlankgewachsene Üppigkeit so unbekümmert wie ein Baum die Fülle seiner Sommerpracht. Schritte sie durch ein Lager berauschter Kriegsknechte, so würden ihr diese, ohne selber zu wissen weshalb, einen breiten Weg öffnen. So unnahbar erscheint sie. Und doch so lockend. Von dem Haar, das in der Mitte gescheitelt, in zwei braunen Wellen um ihre weisse Stirn fällt, bis zu den Füssen, die sie leicht und doch so taktfest über die Erde dahinführen, bildet ihre Person und Wesen den Inbegriff rechtliniger Sicherheit. Sie kennt ihren Weg und ihr Ziel wie den lichten Tag. Bei ihr würde man sich sicher fühlen. Sie ist ohne Falsch- und Nebengedanken, sie bringt die Luft, die hoch über Stadt und Wald liegt, mit sich. Sie zieht an wie ein Altar. Knieend muss man sich ihr nähern. Sie ist das Weib, so wie es aus der Hand der Natur hervorging, zugleich Jungfrau und Mutter.

So ist der Eindruck, den ich unbewusst von ihr empfing, als sie im Sonnenaufgang auf dem Schiffe stand, und später, als ich sie oben an der Mühle stehen sah, gegen die ruhenden Mühlenflügel gelehnt. Und so offenbarte sie sich mir gestern.

Auf das Papier, das sie mir zurückbrachte, hatte ich geschrieben: Meine Seele schreiet aus tiefster Not nach einer Mutter. Wahrscheinlich hat sie das gelesen. Ich empfinde keine Scham darüber. Sie mag gerne die Geheimnisse meines Herzens kennen. Sie wird mich nicht verspotten, mich nicht verraten.

Vielleicht zeigt sie sich mir nicht wieder. Jedenfalls werde ich wohl kaum mehr Gelegenheit haben, mit ihr zu reden. Und doch ist es mir, als hätte ich jetzt einen verständnisvollen Freund und Mitwisser in meiner Nähe, jemand, dessen Sympathie mich sanft umschwebt, jemand, bei dem Hilfe zu suchen ich mich nicht scheuen würde, wenn ich in Not wäre. Wenn ich einsam im Walde umher wandere, sehe ich ihr Antlitz mir zwischen den Bäumen zulächeln, ich gehe so leicht und so sicher dahin, als hielt ich ihre feste, warme Hand in der meinen. Und erfassen mich zuweilen die verwirrenden Gedanken und heissen Begierden des Rückfalles, so rufe ich mir ihr Bild als Schutzwehr vor die Seele. Und ein erquickender Gristeshauch fächelt meinem Sinn Kühlung zu.

So umschwebt sie mich allzeit als Schutzgeist.

XI.

Ich habe eine Freundin im Stift. Das Stift ist ein Heim für alte Jungfern und Witwen. Meine Freundin, eine Jungfrau von ungefähr siebenzig Sommern, ist eine der jüngsten Bewohnerinnen des Stiftes, sie wird von den anderen als reines Kind angesehen. Und doch ist sie die Veteranin der Anstalt. Sie ist nämlich schon dort gewesen, als sie noch ein wirkliches Kind war; gegen jegliche Regel und Gewohnheit schlüpfte sie zusammen mit ihrer Mutter hinein, weil sie so schwächlich war, dass sie nach Ansicht der Ärzte nur noch eine kurze Spanne zu leben hatte. Und dann lag sie viele Jahre zu Bette, und als sie anfing, sich zu erholen, war die Mutter gestorben, und man behielt das jetzt dreissig- bis vierzigjährige Mädchen, das keine anderen Angehörigen hatte als das Stift.

In ihrer Zelle, die sie gemeinsam mit drei anderen Damen bewohnte, – die Inwohner des Stiftes titulieren sich untereinander ceremoniell »Damen« – verlebte ich viele der glücklichsten Tage meiner Kindheit. Sie hatte unzählige Talente. Niemand erzählte so schöne Märchen wie sie, ihr Vorrat war unerschöpflich, denn sie dichtete sie selber; und niemand verstand so viele Kartenkunststücke. Ausserdem war sie eine wahre Künstlerin mit ihren Händen, schnitt alle möglichen Figuren aus Papier, verfertigte den wunderbarsten Tannenbaumschmuck und flocht aus Stroh die niedlichsten

Körbe und Schachteln. Die letztere Fertigkeit, in der sie es zu einer wirklichen Kunst brachte, hatte sie sich selber während der vielen Jahre gelehrt, die sie zu Bette lag. Die Matratze lieferte das Stroh, das übrige besorgte ihre Phantasie und ihre Geschicklichkeit.

Ein Besuch bei ihr war für uns Kinder ein Ausflug in das Märchenland. Stets waren hier wunderliche Dinge zu sehen und zu hören. Und dann bekam man obendrein die schönste Tasse Kaffee, Kaffee mit braunem Zucker-Kandis, der nicht in die Tasse gethan, sondern aufgesogen und aufgeknappert wurde, während man den Nektar genoss.

Ich war heute bei ihr. In dem langen, mit weissem Sand bestreuten Gang standen genau so wie ehedem alte Frauen, die knixten und neugierig die Köpfe zusammensteckten, auch schlug mir noch derselbe wohlbekannte Duft nach Eingeschlossenheit, Lavendel und fleckenlosem Lebenswandel entgegen. Ich klopfte an die Thüre zu der Stube, die meine Freundin seit einem halben Jahrhundert bewohnt hat, während die übrigen Insassen eine nach der anderen in den Sarg gelegt und fortgetragen wurden. In dem schmalen langen Baum mit dem einen Fenster, das nach dem Gemüsegarten des Stifts hinauslag, sassen vier alte Frauen, eine jede auf ihrem Territorium, einem Viertel des Zimmers, wo gerade Platz genug ist für ein Bett an der einen Wand, eine Kommode und einen Waschtisch an der andern Wand, und zwei Stühle dazwischen. Mein Eintritt erregte staunende Neugier bei den Bewohnerinnen des Zimmers, das Strickzeug sank ihnen in den Schoss, und mit fragender Miene warteten sie ab, wem der Besuch des fremden Herrn wohl gelten möge. Ich hatte meine Freundin sofort auf dem Primadonnen-Platz am Fenster entdeckt, ergraut und runzelig, noch magerer als ehedem, aber mit denselben klugen, pfiffigen Augen. Und das Leben, das über sie kam, als sie mich endlich erkannte! Sie war ganz rot vor Gemütsbewegung, öffnete die Arme und presste mich an ihre eingefallene Brust. »Ja, wahrhaftig, er ist's! Und er kommt hierher zu mir!«

Ich habe mir niemals im Traum einfallen lassen, dass ich solch Glück machen könne! Ich wurde gefeiert wie ein Prinz. Meine Freundin war ganz verwirrt. Nicht nur die Damen aus ihrem Zimmer wurden mir vorgestellt, überall aus den Stuben und Gängen holte sie die Alten zusammen, die meine Eltern gekannt und mich als Kind gesehen hatten. Sie strömten herbei, wackelnde Mütterchen, steife alte Jungfern, sie drückten mir die Hände, pufften sich, um in meine Nähe zu gelangen und plauderten alle durcheinander, um mir zu erzählen, wie wohl sie sich meiner noch erinnerten, wie gut sie meine Eltern gekannt hatten, und um sich nach dem Befinden der ganzen Familie zu erkundigen.

Kaffee bekam ich im Überfluss, aber mit dem Zucker-Kandis hatte es seine Schwierigkeiten. Die alten Damen konnten sich nicht mit dem Gedanken befreunden, dass ich keinen weissen Zucker haben wollte.

Als ich endlich ging, gab mir das halbe Stift das Geleite bis an die Thür. Aber mit meiner Freundin verabredete ich, dass wir, wenn ich einmal wiederkam, etwas mehr für uns bleiben wollten.

XII.

Den 9. Juli.

Ich fand neulich in der Bibliothek einige Familienaufzeichnungen, und es wandelte mich die Lust an, diese genauer zu erforschen. Deswegen war ich heute bei dem Pfarrer und bat ihn um Erlaubnis, in den alten Kirchenbüchern nachschlagen zu dürfen.

Es war ein hochgewachsener, jüngerer Mann mit scharfen Zügen und starken, hellen Augen. Mit der grössten Zuvorkommenheit ging er mir zur Hand und legte überhaupt ein angenehmes weltmännisches Wesen an den Tag. Aber wir hatten uns kaum einige Minuten unterhalten, als er sich schon als eifrigster Vorkämpfer des strengen Christentums entpuppte. Er führte das Wort; ich sass da und lauschte ihm halb geistesabwesend. Ich verstand aber so viel, dass er im Begriff war, mit dem alten Schlendrian, in dem seine Vorgänger die kirchlichen Verhältnisse der Stadt zurückgelassen hatten, gründlich aufzuräumen. Er schilderte die alte Stadt wie ein Sodom an Gottlosigkeit und Ruchlosigkeit. Alle Laster herrschten hier: Trunksucht, Unsittlichkeit, Kartenspiel, Vereinsbälle. Wer die alte Stadt lobe, kenne sie nicht oder lasse sich von ihrer scheinbaren Biederkeit und Liebenswürdigkeit bethören. Aber mit Gottes Hilfe sollen die Pfeifen einen ganz anderen Klang erhalten. Schon jetzt spüre er die Früchte von seiner Erweckungsarbeit, und doch habe er erst ganz kürzlich begonnen. Es war so lange her, seit ich die Worte des Fanatismus gehört hatte. Sie rollten wie ein leerer Donner über mein Haupt dahin. Wie hässlich sah er aus in seinem erbitterten Zorn, wie wahnsinnig klang es, dass dieser junge, rasende Mann die guten Bürgersleute Gottesfurcht lehren wollte. Ich dachte ein paarmal daran, ihm zu widersprechen, gab es aber auf. Ich fühlte mich so ausserhalb des Streites, und niemals habe ich tieferes Empfinden für das Glück gehabt, nicht mehr dabei zu sein. Wenn man sich vorstellt, dass dieser Mann sich einbildet, im Dienste des allgütigen Gottes zu handeln, und vor Wut schäumt, während doch die Welt des Friedens und der Milde bedarf. Wahrlich, die Wölfe reissen sich um die Lämmer.

Als ich mich erhebe, um zu gehen, wird der Pfarrer wieder plötzlich der gewandte Weltmann. Er drückt mir warm die Hand, lächelt freundlich und macht eine scherzhafte Bemerkung über die eigene Heftigkeit.

Aber während ich heimwärts wandere, beklage ich meine alte Stadt. Sie hat ihre guten Tage mit den alten Geistlichen gehabt. Die verstanden sie, die richteten ihre Verkündigtingen nach ihrem Bedarf ein. Sie sassen selber gern am L'hombretisch, sie verschmähten einen guten Tropfen nicht, sie freuten sich, wenn sich die Jugend im Tanze schwang, und sie weinten nicht, wenn sie eine reichlich rundliche Maid myrtengeschmückt vor den Traualtar treten sahen.

Ich habe ein Gefühl, als sei die Luft drückend geworden; es liegt keine rechte Freude im Sonnenschein, der Wind ist kalt und rauh, du alte, gesunde, lebenslustige Stadt, jetzt kommt die böse Stunde deiner Heimsuchung.

– – Erst im Sonnenschein des Mühlenbergs schüttelte ich die Missstimmung ab. Und dort harrt meiner eine Freude, die mich mit den thörichtsten Phantasien erfüllt und mein Herz einen ganz jugendlichen Sturmmarsch schlagen lässt.

Auf meinem Arbeitstisch steht ein Rosenstrauss, ein Bote habe ihn gebracht, ohne andern Bescheid, als dass er auf den Tisch des fremden Herrn gestellt werden solle.

Von wem sollte er wohl sein, wenn nicht von ihr? Sie hat mich also nicht vergessen; sie denkt an mich; sie sendet mir sogar einen

Gruss. Einen Augenblick verdunkelt der Gedanke, dass der Strauss möglicherweise von meiner Freundin im Stift sein könne, mein Entzücken. Aber das ist unmöglich. So schöne Blumen wachsen nicht in der alten Stadt, die werden nur auf dem Mühlenberg, im Garten des Müllers gepflückt.

XIII.

Den 20. Juli.

Die Nachtigall schlägt in den Büschen des Mühlenbergs. Ich bin heute Abend mit meiner Müllertochter, die Grete heisst, im Walde gelustwandelt.

Wie wenig das im Grunde ist, wie wenig merkwürdig. Und doch ist es mir, als sei mir niemals etwas Grösseres begegnet.

Ich wandere im Walde und begegne ihr. Wir sind Nachbarn, folglich ist nichts Wunderbares dabei. Wir kennen einander, also wäre es das Natürlichste von der Welt gewesen, wenn ich sie angehalten, wenn ich mit ihr gesprochen hätte. Hingegen war sie es, die mich anhielt, worin auch nicht das geringste Naturwidrige war.

Sie fragte: Wie geht es Ihnen? Haben Sie viel Verkehr? Entbehren Sie die Hauptstadt nicht?

Ich antwortete: Ich werde mit jedem Tage glücklicher. Ich verkehre mit niemand, entbehre nichts. Vorgestern erhielt ich obendrein einen Strauss der herrlichsten Rosen.

Und dann sagte sie, dass die Rosen von ihr seien, und ich freue mich, dass sie kein Geheimnis daraus macht. Sie sagt, sie hätte so grosse Lust gehabt, mir einige ihrer Blumen zu senden. »Ich dachte, es würde Ihnen Freude machen, weil sie so schön und so selten sind. Und ich wollte Ihnen gerne eine Freude machen.«

Ich fragte sie, warum sie so freundliche Gefühle für mich hege, ich sei doch fast ein Fremder für sie. Sie erwiderte:»Weil ich fühlte, dass Sie nicht glücklich gewesen sind. Und ich, – ich habe es immer so gut gehabt.«

Ich bitte sie, mir ein wenig von ihrem Leben droben mit dem Vater in der Einsamkeit bei der Mühle zu erzählen. Sie schüttelt den Kopf:»Davon ist nicht viel zu erzählen. Ich pflege meine Blumen, meine Bienen, mein Obst, und ich lese meinem Vater vor. Wollen Sie mehr wissen, so kommen Sie zu uns und sehen Sie selber. Wir verkehren, ebenso wie Sie, mit niemand. Deshalb werden wir zusammenpassen.« Und sie fügt hinzu: »Sie brauchen weder ja, noch nein zu antworten. Fühlen Sie sich glücklich in Ihrer Einsamkeit, so würde es keinen Sinn haben, wenn Sie Gesellschaft suchten, meinen Sie aber eines Tages, dass Sie unser bedürfen, so sind Sie uns willkommen.«

Und dann stehen wir da und wollen uns voneinander verabschieden. Plötzlich aber fällt mir ein, dass ich gern Auskunft über etwas haben möchte, und ich sage: »Ich sah Sie eines Tages oben bei der Mühle. Sie lehnten sich gegen den einen Flügel. Den Fall gesetzt, dass die Mühle angefangen hätte, zu gehen?«

»Ach nein,« antwortet sie, »das hat keine Gefahr. Die Mühle steht schon seit einigen Jahren still. Vater ist alt und fast blind. Er hat den Betrieb der Mühle aufgegeben.«

Sie nickt mir zum Abschied zu und geht. Ich aber bleibe stehen und flüstere ihr tausend Segenswünsche nach, die ganze stille Musik des Dankes und des Glückes, mit der sie mein Herz erfüllt hat.

Liebe ich sie? Ich glaube es nicht; denn ich begehre sie nicht. Es ist nichts zwischen uns, was ich anders oder mehr wünschte. Meine Sinne liegen gleich glücklich lächelnden Wiegenkindern und lauschen den Liebkosungen ihrer Stimme. Die grosse, milde Wärme ihrer Augen hüllt mich ein. Ihr Händedruck ist die Engelwache des Abendgebets. Wäre das Unmögliche denkbar, dass sie heute Abend an meine Thür käme und um Einlass bäte, so würde ich wie vor einer Entheiligung fliehen, ich würde mir vorkommen wie ein Verfluchter auf Erden. Wie jemand, der an der Quelle der Reinigung gestanden und gesehen hat, wie sie trübe ward, als sie sein Bild widerspiegelte.

Als ich wieder in meinem Zimmer sitze mit ihren Rosen vor mir, erfasst mich das Bedürfnis, ihr zu erkennen zu geben, wie viel ihre Freundschaft für mich bedeutet. Durch ein Papier stecke ich eine der Rosen und schreibe darunter: »Von einem, der durch sie genas.« Ich durcheile den Wald bis ans Müllerhaus und befestige die Rose über der Thür. Ich weiss ja, dass sie in die rechten Hände fallen wird, da ihr Vater blind ist.

Und langsam wandere ich heimwärts, während die Nachtigallen in meiner Brust schlagen.

XIV.

Den 29. Juli.

Ich sitze heute Morgen unten auf dem Bollwerk am Hafen, um den Dampfer von der Hauptstadt ankommen zu sehen. Um etwaigen Bekannten unter den Passagieren zu entgehen, habe ich mich ein wenig abseits in die Nähe des Stapelplatzes für ankommende Waren hingesetzt. Ich belustigte mich damit, ins Wasser hinabzusehen, zu den grünschleimigen Pfählen des Bollwerks, wo die Taschenkrebse zwischen festgewachsenen Muscheln umherkrabbeln, und ich denke an alte Zeiten, wo es ein Fest war, wenn der Dampfer, die damalige einzige Verbindung mit der Hauptstadt, Gäste zu Besuch brachte. Das Fest begann mit dem frühen Morgengrauen. Damals, ebenso wie heute, war die Zeit der Ankunft sehr wechselnd. Unter normalen Verhältnissen sollte das Schiff um 5 Uhr im Hafen anlegen, und von dem Glockenschlag an galt es, bereit zu sein: stellte sich aber einer jener Nebel ein, wie sie sich im Fjord so häufig bemerkbar machen, ihn im Laufe weniger Sekunden mit einem undurchsichtigen baumwollenen Schleier von einem Ufer zum andern überspannend, so kann die Wartezeit sich auch auf mehrere Stunden erstrecken. Oft liefen wir Kinder fünf- bis sechsmal hin und her, um unsern Eltern den jeweiligen Zustand zu melden. Endlich wird der Korb auf der Signalstange des Fjordhügels aufgewogen, die Nebel lichten sich, jetzt kommt es, das Schiff, das sehnlichst erwartete, das Tanten und Geschenke bringt und eine Unmenge seiner Speisen und eine Reihe von in Aussicht stehenden Vergnügungen im Gefolge hat.

Und während ich hier heute sitze und diese Erinnerungen auffrische, geschieht es, dass sich der Nebel über den Fjord senkt, gerade in dem Augenblick, als das Schiff um die letzte Landzunge biegt. Eine graue Mauer senkt sich vor mir herab, ich muss mich einen Augenblick besinnen, um zu verstehen, was denn geschehen ist. Aus weiter Ferne ertönt das Nebelhorn des Dampfers, jammervoll klagend, ängstlich warnend. Aber es ist klar, dass der Kapitän jetzt, wo er seinem Ziel so nahe ist, versucht, vorwärts zu dringen. Langsam nähert sich das Brüllen des Nebelhornes, jetzt kann man die Mastspitzen über die Wolken emporragen sehen. Da, ebenso plötzlich, wie er gekommen ist, verschwindet der Nebel wieder. Ein Blendwerk: in glitzernder Morgensonne liegt das Schiff ein paar hundert Ellen vom Lande entfernt, und vorn auf dem Verdeck steht ein junges Mädchen in einem langen, dunklen Regenmantel. Täuscht mein Auge mich? Ist sie's wirklich? – Ohne mich um die Menschen zu kümmern, eile ich auf die Landungsbrücke zu. Jetzt hat die junge Dame mich erblickt, sie fächelt mit ihrem Taschentuch. Sie ist's!

Gott sei gelobt für das Lächeln, das mir entgegenstrahlt. Sie freut sich also, mich zu sehen, freut sich, mir hier so unerwartet zu begegnen.

Wir gehen zusammen durch die Stadt. Ich bin so überwältigt von Glück, dass ich nicht sprechen kann. Ich schreite durch meine Stadt an ihrer Seite, und ich höre sie erzählen, wie es mit ihrer Reise zusammenhängt. Sie kommt von demselben Ort wie an jenem Morgen, als ich sie auf dem Schiffe erblickte, von einem kleinen Handelsplatze an der Mündung des Fjords. Dahin fährt sie alle vierzehn Tage, um die Erzeugnisse des Gartens: Obst, Honig, eingemachte Früchte und Gemüse zu verkaufen. Ihr Vater hat dort einen Geschäftsfreund, mit dem er lieber handelt als mit den Kaufleuten der alten Stadt.

Als sie mir dies alles erzählt hat, und ich noch immer schweige, fragt sie: »Aber was wollten Sie denn eigentlich am Schiffe? Erwarteten Sie jemand?« »Ja,« antwortete ich, »das that ich wohl. Seit meiner frühesten Kindheit hat mir das Schiff stets jemand gebracht, der mir teuer war, und auch heute hat mich das Schiff nicht betrogen.« Und als ich sehe, dass meine Worte sie nicht erschrecken oder verstimmen, fahre ich fort: »Aber Sie? Dachten Sie, als Sie auf das Ufer hinstarrten, dass Sie von jemand empfangen werden würden?«

Sie sagt: »Ich stand mitten im Nebel und dachte an Sie, so wie Sie das erste Mal waren, als ich Sie sah. Und da erblickte ich Sie plötzlich jenseits des Nebels.« Unwillkürlich ergreife ich ihre Hand, und sie entzieht sie mir nicht: »Ja, jetzt bin ich jenseits des Nebels.«

Aber nach einer Weile, als wir uns trennen, sagt sie: »Werden Sie jetzt nach der Mühle hinaufkommen? Wir erwarten Sie.«

XV.

In der Nacht zwischen dem 1. und 2. August.

Zwei Tage lang zögerte ich, der Einladung Folge zu leisten. Ich dachte, sie hat sicher nicht gemeint, dass Du sofort kommen solltest. Heute Abend aber musste ich hinauf. Als ich kam, stand Grete in der Thür. »Also endlich!« sagte sie. »Vater neckte mich schon damit, dass Sie wohl am liebsten nichts mit uns zu thun haben wollten.« Da wusste ich, dass ich willkommen war, und fühlte mich gleich sicher und geborgen.

Die Wohnstube des Müllers, von deren Fenster man eine Aussicht über den Fjord hat, gleicht einer Kajüte, niedrig und tief, mit einem langen, gelbpolierten Rosshaarsofa, einem grossen Klapptisch, lederbezogenen Stühlen, einer Seekarte und Bildern von Schiffen an der Wand, in einer Ecke ein Schiffsmodell, in einer andern ein altmodisches Klavier, auf Borten und Schränken Muscheln und ausgestopfte tropische Fische, über dem Tisch eine Hängelampe.

Hier hinein wurde ich zu dem Müller geführt, dessen breite, schlanke Riesengestalt ich sofort wiedererkannte, dessen Blick unter den buschigen, grauen Brauen aber bleich und erloschen war. Er sass in der Sofaecke in einer blauen Joppe und dampfte aus einer dicken Meerschaumpfeife. Grete führte mich zu ihm und sagte:»Da ist er, der fremde Herr, siehst Du wohl, dass er doch gekommen ist!« Seine behaarte, braune Hand presste die meine herzlich, und damit fühlte ich mich zu Hause in der Stube des Müllers.

Niemals habe ich mich irgendwo so heimisch gefühlt. Ich sass da und dachte: habe ich dies früher alles im Traume gesehen, oder ist es ein Traum, den das Sehnen meiner Seele mir vorzaubert? Es war mir, als habe ich viele Jahre in dieser Umgebung gelebt, in dieser Kajüte, die wie ein Wrack auf einen gastfreien Berg an Land geworfen ist, zusammen mit diesem blinden Greis, der weise Worte redete, und mit diesem jungen Mädchen, das still waltend unser Einsiedlerleben schmückte und beglückte.

Ich lauschte den Erzählungen des Alten, und meine Seele war jubelnd erfüllt von Gretens Bild. In einem einfachen, grauen Hauskleide mit einer bunten Bauernschürze ging sie geschäftig aus und ein, brachte uns geschnittenes Butterbrot und Fruchtmus eigener Fabrikation, stopfte uns dann die Pfeifen und braute uns einen Grog von altem, ostindischem Rum. Jedesmal, wenn sie zurückkehrte, strömte der Sonnenschein ins Zimmer herein. Dass auch der Alte das empfand, sah ich an dem Schimmer von Leben, den ihr Eintritt stets in seinen Augen entzündete.

Als Grete hinausgegangen war, um das Abendbrot zu bereiten, erzählte der Müller:

»Ehe ich mich hier oben zur Ruhe setzte, bin ich weit in der Welt umhergewesen. Ich führte Schiffe auf den grossen Meeren für eigene wie für anderer Rechnung. Aber eines schönen Tages meinte ich, dass es genug sein könne. Ich hatte mehr gesehen, als ich Lust hatte, die Zeiten wurden schlecht für die Segelschiffe; ich fand, das Segeln verlohnte sich nicht mehr. Da baute ich die Mühle hier. Eine Mühle ist doch so eine Art Schiff, sie braucht Wind und Segel, um in die Säcke zu mahlen, und dann mahlt sie weit sicherer. Die andern Müller hier in der Gegend bekreuzigten sich über den neuen Müller, der seine Mühle wie eine Schute führte und sie selbst bei dem ärgsten Sturm gehen liess. Allmählich hatte meine Mühle so viel gemahlen, wie ich und meine Tochter gebrauchten. Ich war alt, der scharfe Wind und der wirbelnde Mehlstaub hatten meine Augen ruiniert. Und dann wird man so einer Mühle, die ewig lärmt und sich stets auf demselben Fleck herumdreht, so überdrüssig. Ich war müde, ich hatte das Bedürfnis, die Mühle ruhen zu lassen und Stille um mich her zu haben. Darin ist ja nichts Wunderbares. Sie, der Sie doch kein alter Mann sind, haben wohl gewissermassen dasselbe Gefühl gehabt, nach allem, was Grete mir erzählt hat.

Weit wunderbarer ist es mit Grete. Sie ist gleichsam ein Kind der Stille hier oben, sie kann sich nicht davon trennen, so jung sie ist. Wenn Sie glauben, dass ich daran schuld bin, dass sie hier sitzt und gemeinsam mit mir Grillen fängt, so irren Sie. Ich habe ihr oft genug vorgeschlagen, dass sie sich ein wenig in der Welt umsehen soll. Ich habe ihr sogar angeboten, auf ein Jahr mit ihr in die Hauptstadt zu ziehen, Sie will nicht fort von hier. Sie meint, dass sie hier alles hat, was ihr Herz erfreut. Vor dem da draussen empfindet sie nur Furcht und Unwillen. Es ist nicht mit den Jahren gekommen durch die Lektüre aller der unzufriedenen modernen Bücher, wie man

wohl vermuten könnte. Sie ist damit geboren. Als sie noch ein kleines Mädchen war, dachte ich, ich könnte ihr ein Vergnügen machen, wenn ich sie auf Besuch nach der Hauptstadt zu den Ver-
wandten ihrer Mutter schickte. Sie blieb artig ihre Zeit über dort; als
sie aber zurückkam, nahm sie mir das Versprechen ab, dass ich sie
nie wieder fortschicken wolle. Man war in der Stadt gut gegen sie
gewesen und hatte alles gethan, um sie zu zerstreuen. Sie aber hatte
nur Heimweh nach dem Mühlenberg gehabt, sie war bleich vor
Sehnsucht geworden und hatte sich so allein gefühlt.«

Der Alte hielt inne und sass eine Weile in Gedanken versunken
da. Dann fügte er hinzu:»Nun, einmal wird sie wohl von hier fort
müssen, – wenn ich tot bin. Es sei denn, dass sie einen Mann be-
kommt, der sich darin finden kann, hier bei ihr zu bleiben. Aber der
Mühlenberg ist gerade nicht fruchtbar an jungen Männern, und
soweit ich es beurteilen kann, hat sich Grete auch noch nicht mit
Heiratsgedanken abgegeben. Auch in diesem Punkt ist sie anders
als die meisten jungen Mädchen, obwohl sie genug Romane, die
von Liebe und Schwärmerei handeln, gelesen hat.«

– – Ich blieb lange in der Stube des Müllers sitzen. Als die Dun-
kelheit hereinbrach, zündete Grete eine Lampe an und setzte sich
ans Klavier. In dem offenen Fenster zeichnete sich der Umriss der
ruhenden Mühle auf dem Hintergrunde des bleichen Sommerhim-
mels ab. Und in die Stille hinaus tönte zu den dünnen, spröden
Tönen des Klaviers Gretes einfacher, rührender Gesang.

In der Sofaecke aber schlummerte der alte Müller. Auf das mild
lächelnde Gesicht fiel der bleiche Schein des Lampenlichts.

XVI.

Den 15. August.

Was wohl augenblicklich in der Welt vor sich gehen mag? Wäre
der grosse Krieg oder die grosse Revolution ausgebrochen, so würde wohl das Gerücht so laut gewesen sein, dass es mich erreicht
hätte. Jetzt, wo keinerlei Gerüchte mein zeitungsloses Dasein stören,
glaube ich sicher annehmen zu dürfen, dass die Ereignisse nicht
überwältigend sind. Auf dem heimischen Markt beschränken sich
die Notierungen wahrscheinlich auf die gewöhnliche Anzahl Verlobungen und Skandale, die gewöhnliche politische Suppe, die kaum

nach Fleisch riecht, auf allerlei Theatergerüchte in Veranlassung der beginnenden Saison und die Anmeldung von ein paar Dutzend neuer Bücher, von denen drei Viertel am selben Tage, an dem sie erscheinen, auch schon wieder vergessen sein werden, – weil sie von allem möglichen anderen als gerade von dem handeln, was dem Verfasser und seinen Lesern am meisten am Herzen liegt, oder weil der Verfasser gar nichts auf dem Herzen hat, was andre als ihn selber und seine nächsten Angehörigen interessieren kann.

Bedenken der letzteren Art veranlassen mich, mit meinem Buch von der alten Stadt zu zögern. Den einen Tag finde ich den Stoff zu gering und unbedeutend, ich fürchte, dass sich die Leute voll Verachtung von meinem Buch abwenden und sagen werden: Was geht denn uns das an? Den nächsten Tag, wenn ich in schwellendem Glück über alle die Schönheit an alten Erinnerungen und neuen Eindrücken, in denen ich lebe, erwache, so wird in mir wieder die Überzeugung geboren, dass mein Herz auch anderen Herzen, die dasselbe Sehnen wie das meine empfunden und geträumt haben, eine Botschaft muss bringen können. So schreitet die Arbeit nur langsam und ruckweise unter den wechselnden Stimmungen fort. Oder zögere ich, weil die neuen Erlebnisse in die alten Erinnerungen einen Roman hineinweben, der nur erst in seinem Entstehen ist, dessen Abschluss ich jedenfalls nicht kenne?

Hemmt mich auch vielleicht eine gewisse feige Angst vor den Freunden und Freundinnen, die ich verlassen habe? Bewirkt das skeptische Lächeln, mit dem sie – das fühle ich im voraus – über meine Pilgerfahrt nach dem gelobten Lande der Kindheit lesen werden, dass meine Hand zuweilen zaudert? Stehe ich selbst hier in meiner sicheren Einsamkeit, fern von allem Klatsch und allen Randglossen, unter dem Sklavenbann der Gesellschaft?

Heute Abend, während wir unsern Abendspaziergang auf dem Mühlenberg machten, vertraute ich mich Grete an. Als ich meine Beichte beendet hatte, sagte sie schonend und mit gesenktem Haupte, gleichsam, als wolle sie um Verzeihung bitten, dass sie ihre Ansicht aussprach:»Nach allem, was ich von der Litteratur kenne, – ich habe früher ziemlich viel gelesen – und so weit ich darüber urteilen kann, ist die Furcht, sich offen auszusprechen, die Furcht, sich völlig hinzugeben, der Fehler, an dem fast alle Schriftsteller leiden.

Ich habe, wenn ich ein Buch lese, das Gefühl, als ob der Verfasser, selbst wo er Offenheit vorsieht, stets nach dem Richterstuhl des Lesers hinüberschielt, stets auf seine Würde bedacht ist, sich stets ein wenig putzt und schmückt, damit er nur niemand Anlass zu Ärgernis oder Spott geben möge. Machen Sie sich etwas aus meinem Rat, der vielleicht anmassend klingt, so schreiben Sie, als hätten Sie kein anderes Publikum als mich, ein unwissendes Mädchen, dass nicht klug genug ist, um zu verspotten oder um ein Ärgernis zu nehmen.«

»Wir hemmten die Schritte, wir sahen den Fjord und die Stadt tief unter uns liegen.«

»Oder,« sagte sie, »schreiben Sie wie jemand, der auf dem Mühlenberg wohnt.«

XVII.

Den 23. August.

Ich habe die Entdeckung gemacht, dass Grete die alte Stadt im Grunde gar nicht kennt, und ich habe sie gebeten, sie ihr zeigen zu dürfen. Ich möchte so gern, dass sie sie lieben lernte, so wie ich sie liebe. Weil sie fühlte, dass es mir eine Freude sein würde, nahm sie mein Anerbieten an. Sie scheint sich auch für das zu interessieren, was ich ihr zeige und ihr erzähle, hauptsächlich aber belustigt es sie wohl, meinen Eifer als Vorzeiger der alten Stadt zu sehen.

Heute habe ich ihr das Schloss gezeigt. Das Schloss, das unten am Fjord liegt und als Landratswohnung dient, ist ein langes, graues, speicherähnliches Gebäude mit einer Unzahl von kleinscheibigen Fenstern in zwei Stockwerken. Nur die Reihe alter Pappeln, die davor paradiert, und die Schildwache in ihrem roten Mantel, die zwischen den Pappeln auf- und niederschreitet, kennzeichnen es als ein besonderes Haus. So wie es jetzt erscheint, ist das Schloss weder sonderlich alt, noch in irgend einer Weise bemerkenswert. Es sind nur noch spärliche Reste übrig geblieben aus jener Zeit, als es ein wirkliches Schloss und Sitz des Lehnsmannes des Königs war.

Es beginnt bereits zu dämmern, als ich mit Grete durch das tiefe, finstere Portal des Vorhauses in den grossen, viereckigen Schlosshof eintrete, der von niedrigen, weissen Flügeln umschlossen ist. Das

Gras wuchert üppig zwischen den Pflastersteinen des Hofes, und an den Mauern entlang stehen auf vornehme Schlossweise kleine kuppelförmig beschnittene Linden. Am Fuss der Bäume läuft um den ganzen Hof herum ein Rinnstein, der so tief und so breit ist wie ein kleiner Bach und über den zahllose Stege führen. Wir sitzen auf einer Bank unter den Linden dem Portal gegenüber, wo sich das Wasser aus den Rinnsteinen sammelt und in einem unterirdischen Ablaufskanal nach dem Fjord hinabfliesst. Und während die Sonne hinter den Hügeln nordwestlich von der Stadt versinkt und ihre letzten Strahlen schräger durch das Portal auf das Gras des Hofes herabsendet, erzähle ich Grete von dem gestrengen Herrn Esben, der vor vielen Jahrhunderten hier auf dem Schlosse herrschte, namkundig als Frauenbethörer und als Krieger. Zur Sicherheit in Zeiten des Unfriedens war von seinen Vorgängern ein Geheimgang aus dem Keller des Schlosses bis an den Wall auf der andern Seite des Fjords erbaut worden. Herr Esben benutzte aber den Geheimgang hauptsächlich zu seinen galanten Abenteuern. Er hatte ein leutseliges, herablassendes Wesen, selbiger Herr Esben. Oft lud er einen Bürger mit seiner jungen Frau oder seiner Braut zu einem Schmaus auf das Schloss ein. Wenn aber der Bürgersmann ganz sinnlos betrunken war, lockte er die junge Frau aus dem Saal heraus, liess sie, wenn sie Widerstand leistete, knebeln und führte sie durch den Geheimgang unter den Fjord nach einem kleinen Hause mit wollüstigen Kemenaten, wo das Fest seinen Fortgang nahm, in der Regel nicht zum Verdruss der Entführten, denn Herr Esben war gar schön und freigiebig, dem hintergangenen Gatten oder Bräutigam aber zu viel Verdruss, wenn er aus seinem Rausch erwachte und merkte, dass der Vogel davongeflogen war. Doch hielt er es für geratener, zu schweigen, gute Miene zum bösen Spiel zu machen und die ihm angethane Schmach hinunterzuschlucken. Denn Herr Esben war als gestrenger Herr mit harter Hand bekannt. Auch lag ja kein Grund vor, den Streich, der der Herzliebsten mitgespielt worden war, in die ganze Stadt hinauszuposaunen, um so mehr, als man nicht ganz sicher sein konnte, wie weit ihre Bereitwilligkeit in dieser Sache gegangen war. Dies und jenes sickerte aber doch durch verblümte Worte hindurch, dies und jenes ahnte man auf Grund plötzlich aufgehobener Verlobungen oder Zwistigkeiten zwischen Eheleuten, die bisher in bestem Einverständnis gelebt hatten. Eine aus heimlicher Angst uud flüsterndem Hass bestehende Wolke lagerte sich allmählich zwischen Stadt und Schloss.

Da geschah es, dass Herr Esben sein Auge auf die wunderschöne, siebzehnjährige Tochter des Bürgermeisters warf, die sich ganz kürzlich mit einem der flottesten, tüchtigsten jungen Handwerker der Stadt, Klaus Bryde, vermählt hatte. Herr Esben schmachtete die junge Frau eine Weile an, verfolgte sie mit dreisten Blicken und machte ihr heimliche Zeichen, wenn er an ihrem Fenster vorüberritt. Und als er merkte, dass sie seine Huldigung nicht übel aufnahm, ergriff er die erste beste Gelegenheit und lud Klaus Bryde und seine junge Frau zu sich aufs Schloss. Klaus Bryde aber hatte Lunte gerochen. Er betrank sich nur scheinbar. Und während sein Kopf ihm tiefer und tiefer auf die Brust herabsank, beobachtete er die zärtlichen Blicke, die zwischen seiner Frau und dem Lehnsmann ausgetauscht wurden. Kaum waren die beiden aus dem Saal verschwunden, wo sie den Ehegatten in seligem Rausche schlummernd zurückgelassen zu haben glaubten, als sich Klaus Bryde erhob, an eins der Fenster des Schlosses trat und einer draussen harrenden Schar von Freunden das verabredete Zeichen gab. Mit der Waffe in der Hand drangen sie in das Schloss ein, übermannten und knebelten die nichts ahnende Wache, fanden, von Klaus Bryde geführt, die offene Thür zum Geheimgang, er blickten in der Ferne das bleiche Licht der erlöschenden Fackeln und eilten in die Finsternis hinein. – – –

Über das Drama, das sich auf der Tiefe des Fjords abgespielt hat, berichtet die Sage folgendermassen: Als die Bewohner des Schlosses am nächsten Morgen, durch die Erzählungen der endlich befreiten Wache aufgeschreckt, herbeikamen, war die Thür des Geheimganges ins Schloss gefallen. Es währte eine ganze Weile, bis man die schwere eiserne Thür gesprengt hatte, und im selben Augenblick, als sich die Thür aufthat, erblickte man die unbeschädigten Leichen von drei von Klaus Brydes Freunden. Nach einem hoffnungslosen Kampf, die Thür zu sprengen, waren sie erstickt. Weiter unten im Gang fand man noch mehrere Leichen, die scheinbar erstickt waren. Auf halbem Wege zum Ausgang lagen der Lehnsmann, die junge Frau, Klaus und ein paar andere, alle schrecklich verstümmelt. – Später hiess es dann, ein Fischer, der in jener Nacht auf Aalfang gewesen sei, glaubte aus der Tiefe heraus Waffengerassel vernommen zu haben.

Die Sonne ist untergegangen. Die graue Dämmerung hat sich auf den stillen Schlosshof hinabgesenkt. Da ertönt ein dumpfes Plätschern im Wasser gerade hinter uns, und Grete ergreift meinen Arm. »Was war das?« fragt sie. »Sehen Sie selber!« erwidere ich und zeige auf den Steg.

»Die Stunde der alten Schlossratten ist gekommen. Sie ziehen ihren Gespensterweg vom Schlosse an den Fjord hinab. Sehen Sie, bald schwimmen sie und bald entern sie das Brett. Sitzen Sie nur ganz ruhig, sie verfolgen ihren gewohnten Weg, hier herauf kommen sie nicht. Es ist eine ganze Karawane, sie wollen hinab und sich nach dem alten Geheimgang umsehen, sie wachen darüber, dass niemand seine geheimnisvolle Ruhe im dunklen Schatten der Sage stört.«

»Was haben denn die Ratten mit dem Geheimgang zu thun?« fragt Grete.

»Kommen Sie hierher, dann werden Sie es hören!«

Ich führe sie an eine Kellerluke in einer Ecke des Hofes. Durch die Luke, die ich öffne, schauen wir hinab in einige dunkle, ausgemauerte Gewölbe, aus denen uns eine nasskalte, eingeschlossene Grabesluft entgegenschlägt.

Und ich erzähle: »Als diese Krypten-Wölbungen – wir gehen nicht hinab, denn zu dieser Stunde ist es dort nicht so ganz geheuer – im vorigen Jahrhundert ausgegraben wurden, behauptet man, dass der Geheimgang, den man längst verschwunden glaubte, falls er überhaupt jemals existiert hat, wiedergefunden wurde. Einer der Arbeiter erbot sich, hineinzugehen; gespannt erwartete man das Ergebnis: man hörte, wie sein Schritt und sein munterer Gesang sich mehr und mehr entfernten, es war klar, dass er vordrang. Dann wurde alles still. Man wartete und wartete, aber er kehrte nicht wieder. Da gelobte die Obrigkeit der Stadt einem Strafgefangenen die Freiheit, wenn er den Versuch erneuem wolle. Er willigte ein. Man band ihm ein Tau um den Leib; sobald Gefahr im Anzuge sei, solle er daran ziehen. Der Bursche ging schnell hinab und verschwand. Am Tau, das er hinter sich herzog, konnte man erkennen, dass er mehrere Klafter tief offenen Weg fand. Plötzlich stockte die Bewegung des Taues, ohne dass daran gezogen wurde. Man meinte, er sei auf irgend ein Hindernis gestossen, das er wegzuräumen im Begriff sei. Die Pause wurde aber unheimlich lang. Vielleicht war der Mann ohnmächtig geworden? Wenn man das Tau einzog? Es kam ohne Last zurück; es war durchgenagt von den Ratten, die den Burschen zurückbehalten hatten. – Aber noch heute erblickt man im Gewölbe eine verrostete eiserne Thür, und hinter derselben ein paar gemauerte Stufen, die abwärts führen.«

Wir standen wieder draussen, wo die alten Pappeln und die Schildwachen in ihrem roten Mantel paradieren.

Lächelnd schaute Grete zu dem Schloss hinüber und sagte: »Wer sollte wohl glauben, dass das hässliche, langweilige Gebäude jemand bange machen kann! Und doch war mir vorher gar nicht so ganz geheuer.«

»Ja,« erwiderte ich, »so ist es mit der ganzen alten Stadt. Für denjenigen, der gleichgültig hindurcheilt, ist es nur eine gewöhnliche, alltägliche Provinzstadt. Wer ihr aber sein Herz erschliesst, dem offenbart sie einen Schatz seiner Poesie und eigenartiger Sagen.«

XVIII.

Den 3. September.

Diese Nacht haben wir den ersten Herbststurm gehabt. Ich lag im Bett und lauschte.

Oben vom Walde herab kommt ein Windstoss dahergebraust, rüttelt an dem Holzwerk des Pavillons, so dass es in allen Fugen kracht, und stürmt weiter, den Hügel hinab bis zur Stadt. Stoss auf Stoss folgt, wieder dasselbe Spiel, immer wilder, immer gewaltsamer. Die Bäume seufzen und stöhnen. Der Sturm giebt keinen Pardon. Was keine Kraft, zu stehen hat, muss fallen.

Der Sturm, der grosse Aufwiegler und Erschrecker, rast um mich her. Ich kenne keine Angst, ich lache ihm ins Gesicht: du machst mir keine Furcht, du erreichst mich nicht, du schlägst deine Kralle in mich, ich aber entwische dir.

Und in glücklichem Übermut segne ich den Sturm. Er ist der Vorläufer des Herbstes, der herrlichen Zeit, wo es noch stiller auf dem Mühlenberg wird; der Zeit, wo der Mühlenberg uns, Grete und mir, gehört.

Heute Abend, als ich das Müllerhaus verliess und sie mir das Geleite bis an die Thür gab, sagte sie: »Sehen Sie, jetzt ist der Himmel voll vom Herbst. Jetzt ziehen die Zugvögel gen Süden, jetzt sehnen die Hauptstädter sich fort von den stillen Städten. Fangen auch Sie an, sich zu sehnen?«

»Und wenn auch ich reiste,« fragte ich, »würde das für Sie eine Entbehrung sein?«

Ihre Augen betauten sich, während sie in die meinen schaute, und sie erwidert: »Ich glaube, es muss entsetzlieh sein, Lebewohl zu sagen. Wenn Sie fortgehen, so versprechen Sie mir, dass Sie es ohne Abschied thun wollen.«

»Ich gehe nicht, ehe Sie mir Lebewohl sagen.«

Und ich eile davon in dem heraufziehenden Unwetter; als ich mich aber, am Walde angelangt, umwandte, stand sie noch in der Thür und schaute mir nach.

Den 7. September.

Weshalb sage ich ihr nicht, dass ich sie liebe? Geschieht es denn aus Furcht, dass es sie betrüben oder ihr missfallen könnte? Sicherlich nicht. Aus tausend Kleinigkeiten hat sie es gefühlt, wie teuer sie mir ist; mit jedem Tage sieht sie, ohne dass ich es zu sagen brauche, wie meine Liebe an Wachstum zunimmt. Sie sieht es mit einem Lächeln in ihrem Blick, mit holden Rosen auf den Wangen.

Ich rede nicht, weil ich es nicht wage, das Begegnen unserer Seelen in dem sicheren Schweigen der Erwartung zu stören. Weil mir zu Mute ist, als sässen wir Hand in Hand und lauschten einem gedämpften Gesang, der in einer lieblichen Hochsommernacht über das Wasser dahinschallt.

XIX.

Ende September.

Es ist die Zeit der Obsternte. In des Müllers Garten geht die Arbeit munter und geschäftig von statten.

Auf dem kleinen Rasenplatz zwischen allen den schwerbeladenen Bäumen sitzt der Müller in einem Lehnstuhl und leitet trotz seiner Blindheit die Arbeit. Er kennt alle Bäume im Garten und weist die Reihenfolge an, in der sie gepflückt werden sollen; er erteilt Befehle, wie das Pflücken jedes einzelnen Baumes vor sich gehen soll, und er nimmt die Körbe, sobald sie gefüllt sind, zur kundigen Untersuchung und Prüfung an.

Grete führt die Aufsicht über das Pflücken, das von ein paar zu diesem Zweck gedungenen Mägden und Knechten ausgeführt wird; sie nimmt selber teil an der Arbeit, und sie stellt auch mich dabei an. Sie und ich besorgen die feinen Früchte, die an glasüberdachten Spaliers wachsen, und die mit besonderer Vorsicht behandelt werden müssen. Ich stehe auf einer Leiter und pflücke sie, sie steht unten mit ausgebreiteter Schürze. Oft aber muss sie mich ob meiner Trägheit schelten; denn es geschieht jeden Augenblick, wenn ich ihr die Frucht reichen soll, dass ich mich im Beschauen ihres vor Eifer glühenden Antlitzes verliere, das schöner ist als irgend eine Frucht. Und was hilft es, dass sie schilt? Sie wird nur doppelt schön in ihrer erheuchelten Ungeduld.

– – – Wenn der Tau zu fallen beginnt, halten wir mit dem Pflücken inne, und die Körbe werden in die Obstkammer getragen, die vom Boden bis zur Decke mit Borten versehen ist, und wo Grete der wichtigen und schwierigen Arbeit des Sortierens vorsteht: was man in die Hauptstadt an die wählerischen, aber hochbezahlenden Obsthändler senden darf, was dem Aufkäufer zu einem billigen Preis überlassen werden kann, was sich zum Einkochen eignet und was für den Winterbedarf des Hauses zurückbehalten werden soll.

Wie es hier in dieser Obstkammer duftet! All der säuerliche und süsse Brodem aus den Borten verdichtet sich in den eingeschlossenen Räumen und vermischt sich zu einer berauschenden Essenz, die noch lange an den Kleidern haftet.

Und wie prächtig Grete aussieht, wie sie, die Kleiderärmel hoch an den starken, weissen Armen hinaufgestreift, Frucht auf Frucht in die sonnengebräunten Hände nimmt und mit schnellem Kennerblick einer jeden ihren Platz und Rang zuteilt.

Am liebsten aber denke ich doch an sie, so wie ich sie unten an der Leiter vor dem Spalier stehen sah. Wenn ich Verse schriebe, würde ich das Bild in Poesie setzen:

»Es ist die Zeit der Obsternte. In des Müllers Garten auf dem unfruchtbaren Mühlenberg reift das schönste Obst im ganzen Lande. In des Müllers Garten steht seine Tochter, die hochbusige Maid, den Arm voll schwellender Trauben.«

XX.

In dem Quellgarten, der zwischen der Stadt und dem Mühlenberg liegt, haben die kleinen Kinder ihren Park. Wenn das Wetter gut ist, werden sie von Müttern, Ammen und Kindermädchen hierhergeführt, entweder in ihren Wiegenkutschen ruhend oder auf ihren kurzen Beinchen trippelnd. Ein grosses, von hohen Bäumen geschütztes und von langen Bänken umgebenes Rondel ist der Sammelplatz. Hier steht eine Holzbude, in der Milch und Kuchen, Lakritzen, Johannisbrot und verlockende rotgestreifte Zuckerstangen verkauft werden. Mitten auf dem Platz aber steht die broncefarbene Statue eines vaterländischen Helden und schaut mit unbeirrt kriegerischem Sinn dem Spiele der Kleinen zu.

Auf unserem Wege zur Stadt schlagen Grete und ich gern den Weg durch den Quellgarten ein. Für mich ist es eine Neubelebung meiner frühesten Erinnerungen aus jener Zeit, als ich ein so bewegliches Gemüt war, dass ich vor Zorn dem Winde die Zunge aussteckte und vor Angst weinte, wenn mein Kindermädchen, der allgemeinen respektswidrigen Gewohnheit im Quellgarten folgend, mich die notdürftigen kleinen Geschäfte zu Füssen des strengen Generals verrichten liess. Vor allem aber gewährt mir Gretes Entzücken über die Kleinen einen Genuss. Mit strahlenden Augen folgt sie ihrem liebreizend ungeschickten Taumeln, und findet sie gleich bezaubernd, mögen sie lachen und plaudern oder plötzlich ein leidenschaftliches Gebrüll erheben. Am meisten aber liebt sie die ganz Kleinen, die im Wagen liegen und mit grossen, verwunderten Augen in die Welt hinausschauen. Heute geschah es, dass wir eine junge Mutter sahen, die so ein Kleines aus dem Kissen nahm und es an ihre grosse, weisse Brust legte, an die es sich mit gierigem Munde festsog und die es mit kleinen, eifrigen Händen umklammerte. Mit zärtlicher, andachtsvoller Anbetung verlor sich Gretes Blick in dies Bild, und als sie sich endlich losriss und wir weiter gingen, sah ich, dass sie Thränen in den Augen hatte.

– – – Wir sprachen später über ihre Liebe zu den Kindern. Sie sagte:

»Mein höchster Wunsch ist, Mutter vieler Kinder zu werden und auf dem Mühlenberg zu wohnen, wo Platz genug ist, sich mit ihnen zu tummeln. Ich könnte mir nicht vorstellen, dass ich verheiratet wäre, selbst wenn ich meinen Mann noch so innig liebte, ohne Kinder zu haben. Kann es etwas Schöneres für eine Frau geben, als dem Mann, den sie liebt, Kinder zu schenken? Kann man sich etwas Schöneres denken, als Mutter genannt zu werden? Zu wissen und zu fühlen, ja, es dem Klang, womit das Wort gesagt wird, anzuhören, dass man nicht vergebens lebt, dass es jemand giebt, dem man ganz unentbehrlich ist? Mein Mann sollte keine Einbusse erleiden durch die Zärtlichkeit, die ich unsern Kindern opfere. Ich würde ihn als ihren Vater doppelt lieben. Aber weil ich dies so empfinde, verstehe ich die jungen Frauen, von denen ich in den modernen Büchern lese, gar nicht, ja, ich entsetze mich über sie. Es hat ja fast den Anschein, als fürchteten sie die Kinder wie eine Gefahr, die ihr Glück bedroht. Und nicht genug damit, sie jammern und klagen noch obendrein über die Grausamkeit der Natur, die sie in Schmerzen gebären lässt. Als erhielten sie nicht tausendfachen Ersatz selbst für den qualvollsten Schmerz, wenn sie das Kind in den Armen halten. Als ob die Mutterschaft überhaupt einen Wert hätte, wenn sie nicht durch Schmerzen erkauft würde! Ich dachte anfangs: es sind nur Männer, die in weichlichem Mitleid so thöricht über etwas schreiben, das sie nicht verstehen. Aber ich las später dasselbe und in weit stärkeren Ausdrücken in Büchern, die von Frauen geschrieben waren und die die Sache der Frauen verfechten wollten. Diese weiblichen Schriftsteller, die oft selber Gattinnen und Mütter sind, fühlen sich beinahe beleidigt, dass allein die Frau Mutter sein und Mutterpflichten erfüllen soll, die sie von der Teilnahme an wichtigern gemeinnützigen Aufgaben abhalten. Ich verstehe diese Frauen nicht, ich bin entsetzt über sie. Ich sehe sie vor mir mit ihren vor Empörung gegen die Natur verzerrten Gesichtern. Ich werde krank, wenn ich ihre Bücher lese. Ich habe ein Gefühl, als würden kleine Kinder in mir ermordet.«

Aber nach einer Pause fügte Grete hinzu:»Sehen Sie, ich glaube, der Umstand, dass ich meine Mutter so früh verlor, hat viel dazu beigetragen. All der unbefriedigte Drang nach Mutterliebe, den ich hatte, hat meinem Mutter-Drang Wachstum verliehen.

Ich, die ich mich nicht entsinne, wie es ist, auf einer Mutter Schoss zu sitzen, konnte schon als kleines Mädchen kein Kind sehen, ohne dass sich meine Arme darnach sehnten, es zu umschliessen, es an mich zu ziehen.«

So sprach die Mutterlose zu dem Mutterlosen. Und während ich ihren üppigen Körper anschaute, wie sie so stolz und rein in ihrem offenherzigen Bekenntnis dahinschritt, dachte ich, dass ich meinem Sohn kein grösseres Glück schenken könne, als ihn von diesem Weibe geboren werden zu lassen.

XXI.

Oktober.

Wir stehen still vor einem langen, niedrigen, schmutzig-gelben Hause in einer engen Querstrasse. Vor jedem der niedrig gelegenen Fenster sitzt hinter Geranien und Goldlack eine alte Frau, ein buntes, gestricktes Tuch um die Schultern.

»In diesem Hause,« erzähle ich Grete, »wohnen alte, arme Frauen und Mädchen, die nicht fein genug sind, um ins Stift zu kommen. Das Haus besteht aus einem einzigen langen Zimmer, das durch Kattunvorhänge nach jeder Seite hin in zwanzig kleine Räume geteilt ist. In einem jeden solchen »Stand« wohnt eine alte Frau. In meiner Kindheit hiess eine von ihnen Annemarie. Sie ist die einzige, von der ich jemals etwas geerbt habe.

Annemarie war eine brustschwache Nähterin. Wie alt sie war, weiss ich nicht; sicher aber war sie ziemlich zu Jahren, da sie einen Platz in diesem milden »Stand« erhalten hatte. Sie bewahrte indessen, so lange, wie ich mich ihrer erinnern kann, ein vollständiges Kindergesicht, glatt und fein mit zwei treuherzigen, stets lächelnden braunen Augen. Von Gestalt war sie das Kleinste, was ich jemals gesehen habe. Gleich einem kleinen, bescheidenen Schatten schlich sie die Strasse hinab, ihre Bauernmütze auf dem Kopf, den grünen, wollenen Shawl um die mageren Schultern gewickelt. Hier im Hause hatte sie freie Wohnung, im übrigen aber musste sie sich selber ernähren. Das that sie, indem sie in der Stadt auf Nähen ausging; sie hatte jede Woche ihren bestimmten Tag bei sechs Familien. Weitere Fertigkeit in der Nähkunst besass Annemarie nicht. Auf Flicken und Stopfen aber verstand sie sich wie keine zweite; mochte ein Stück Leinenzeug oder Wäsche noch so durchlöchert sein, sie fand es stets zu gut, um es zu kassieren. Die kinderreichen Familien, die zu ihrem Unterhalt beitrugen, waren folglich mit ihr nicht übel beraten, namentlich da man ihr nicht nachsagen konnte, dass sie sie übervorteilte. Ihr Nähterlohn, den zu erhöhen sie sich auf das entschiedenste weigerte, – sie fand ihn durchaus hinreichend – betrug sechs Schillinge pro Tag. Aber dann hatte sie ja freilich auch den grössten Teil ihrer Beköstigung. Und in Bezug auf die Beköstigung wurde Annemarie verhätschelt, wohin sie kam. Die verschiedenen Familien sorgten stets dafür, dass ihre Leibgerichte gekocht wurden, was nun allerdings für die Hausfrau ebenfalls nicht unerschwingbar war und uns Kindern ihren Besuch doppelt lieb machte; denn Annemarie hatte sich auch in ihrem Geschmack eine entschiedene Kindlichkeit bewahrt. Hätte sie das Diner nennen sollen, das ihr am verlockendsten erschien, so würde sie ohne Bedenken Fruchtsuppe und Pfannkuchen geantwortet haben. Seit meiner frühesten Kindheit, bis wir die Stadt verliessen, kam Annemarie jeden Donnerstag zu uns. Glich sie auf der Strasse einem Schatten, so wurde sie im Zimmer zu einem milden, kleinen Sonnenstrahl. Sie war stets zufrieden, stets davon erfüllt, wie gut sie es habe, und wie gut die Leute gegen sie seien; stets lächelte sie dankbar aus ihren braunen Kinderaugen. Mitteilsam aber wurde sie erst, wenn sie mit uns Kindern allein war. Die Erwachsenen beängstigten sie ein wenig mit ihrer Vernunft und ihrem Ernst. Zusammen mit Kindern fühlte sie sich in ihrem Element. Ihre kleinen Sorgen und Freuden verstand sie, als seien es ihre eigenen. Ihre Interessen und Vorstellungen teilte sie; den ganzen Nachmittag, sobald wir aus der Schule gekommen waren, sassen wir bei ihr in der kleinen Plättstube und plauderten auf das gemütlichste wie mit einem gleichaltrigen Knaben.

– Als aber die Abschiedsstunde anbrach und wir die Stadt verliessen, stand sie am Schiffe und weinte, als solle ihr das Herz brechen.

Sie vergass ihre kleinen Freunde nicht.

Jahre vergingen, ich war bereits ein grosser Bursche und hatte eben mein Abiturienten-Examen absolviert, als ein Brief eintraf mit der Nachricht, dass Annemarie, der ich in kindischem Leichtsinn nicht oft einen erinnernden Gedanken geschenkt hatte, gestorben sei und mich und meinen Bruder, sowie zwei Kinder aus einer andern Familie zu ihren Erben eingesetzt habe. Das hinterlassene Kapital betrug 50 Reichsthaler und sollte zu gleichen Teilen unter uns verteilt werden, so dass 12½ Thaler auf jeden Erben kamen.

Fünfzig Reichsthaler, das bedeutete für Annemarie eine von 800 Arbeitstagen zusammengesparte Einnahme, sechs Schillinge auf sechs Schillinge.

Ich verreiste mein Erbe. Für Annemaries sechs Schillinge machte ich eine herrliche, vierzehntägige Fusstour nach dem überstandenen Examen.

– – Und deswegen, Grete, kommen mir Thränen in die Augen, wenn ich dies armselige Haus ansehe, wo alte Frauen hinter Goldlack und Geranien am Fenster sitzen.«

XXII.

November.

Meine Freundin im Stift ist Gretens und mein einziger Verkehr. Wir hatten sie vor einiger Zeit zum Chokoladefest auf mein Giebelstübchen eingeladen. Sie wurde in einer Droschke geholt, bekam Chokolade und Schlagsahne und, als sie ihre Equipage wieder bestieg, einen ganzen Korb mit Äpfeln und Birnen, sowie einige kleine Gläser Eingemachtes, das Grete für sie mitgebracht hatte. Kurz, sie wurde, wie sie selber sagte, accurat so behandelt wie eine von den Prinzessinnen in den Märchen, die sie, als ich noch ein Kind war, für mich dichtete.

Aber auch wir haben sie besucht und sind ihre gefeierten Gäste gewesen.

Grete hat meine Freundin ganz erobert, es würde ihr wohl schwer werden, zu sagen, für wen von uns, für Grete oder für mich, ihr altes Herz am stärksten pocht. Es verwirrt und ärgert sie ein wenig, dass wir nicht verlobt sind; aber sie hat offenbar die Hoffnung nicht aufgegeben, dass das noch kommen kann. Wenn wir sie besuchen, zieht sie bald mich, bald Grete beiseite und ergeht sich in verblümten Lobpreisungen: über Grete mir gegenüber, und umgekehrt. Zu mir lautet der stete Refrain: »Ist sie nicht ganz reizend? Hat er jemals so ein prächtiges Mädchen gesehen? Strahlt sie nicht vor lauter Herzensgüte? Und wie ihre Augen glänzen, wenn sie ihn ansieht! Ja, das kann man doch mit halbem Auge sehen, dass sie ein gut Teil für ihn übrig hat.«

– – Gestern waren wir zu einer grossen Kaffeegesellschaft bei ihr. Zu ihrem Kummer erhielt sie nicht die Erlaubnis, den Herrn Pfarrer einzuladen, sie musste sich darauf beschränken, uns durch einige der vornehmsten Damen des Stiftes zu ehren; im übrigen aber verlief das Fest auf die schönste Weise. Die Bewirtung war eine königliche: der Kaffeekessel kam nicht aus dem Kochen, und der Teller mit Wienerbrot war kaum geleert, als er auch schon wieder gefüllt war. Und die Unterhaltung konnte nicht lebhafter sein. Im selben Augenblick, wo die eine Dame einen Bericht über ihre Gebrechlichkeiten und Widerwärtigkeiten beendigte, ergriff auch schon die nächste das Wort. Schliesslich wollte meine Freundin mir und Grete absolut die Karten legen, die andern Damen brannten vor Eifer, diese spannende Vorstellung zu erleben; Grete aber, die den Zweck dieses Kartenlegens kannte, und die aus früherer Erfahrung wusste, dass meine Freundin stets etwas vor hatte von der »Herzensdame« und von »geheimer Botschaft« und einem »seufzenden Freund« und allem andern, was zum Fach gehörte, wünschte offenbar, in dieser grösseren Gesellschaft von Ehestifterinnen verschont zu werden.

Mit dankbarem Blick ging sie deswegen auf meinen Vorschlag ein, dass wir die Karten bis zu einem andern Tag ruhen lassen wollten, und dass sie statt dessen das Fest mit dem Vortrage einiger Lieder ihrer Kleinen in der Spinnstube vor allen den Alten beschliessen solle. – –

In der Spinnstube stehen die Rocken der Alten, und während die Rädchen schnurren, werden die Angelegenheiten des Stifts in zungenfertigem Geplauder durchgehechelt. Aber die Spinnstube dient gleichzeitig als Betsaal. Infolge dessen ist sie auch mit einem Harmonium ausgestattet.

Das bevorstehende Ereignis ist überall bekannt gemacht, und als wir unter Anführung meiner Freundin, die sich als Direktrice einer grösseren Oper fühlt, in die Spinnstube treten, ist der Saal ganz gefüllt. Mit ihren in aller Eile aufgesetzten Sonntagsmützen sitzen die alten Frauen da und nicken so verlegen und andächtig mit dem Kopf, als sollten sie mindestens zum Abendmahl gehen. Schlank und üppig in lichter, holder Jugend steht Grete mitten zwischen ihnen: ein schimmernder Birkenstamm, der in einem verwitterten, verkrüppelten Gebüsch aufgeschossen ist. Aber in den Herzen aller dieser runzligen und eingefallenen Alten regt sich, als sie sie erblicken, ein Wiederschein des Frühlings, und in bewunderndem Murmeln wogen die nickenden Haubenköpfe hin und her.

Dann tritt wieder Totenstille ein: Grete hat sich an das Harmonium gesetzt, schlägt eine Melodie an ¦ dann singt sie. Die Luft in dem niedrigen, überfüllten Saal ist dick und schwer. Die Töne rieseln tauklar hindurch, steigen empor gleich zwitschernden Vögeln, blitzen in muntern Sonnenstrahlen, verbreiten einen Duft von Feld und Wald, spannen eine hohe, blaue Wölbung über den armseligen Raum und die alten Frauen. Es sind die süss-schmachtenden, fromm-schelmischen Lieder aus der Jugendzeit unserer Mütter und Grossmütter, die Grete singt. Die Alten lauschen, diese Töne lassen längst vergessene Saiten in ihnen erbeben, vorsichtig wagen sie sich vor, allmählich bewegen sich alle die alten Münder, nicken alle die getollten Mützen im Takt mit Gretens Gesang. Lieder von der Liebe Leid und der Liebe Freud' finden aber doch den empfänglichsten Klangboden. Bei jedem Kuss auf den roten Mund im duftenden Hain zur Abendstund' gleitet ein glückliches Lächeln über die runzligen Gesichter; wenn aber Grete von heissen Thränen und brennendem Sehnen singt, da werden fünfzig alte, roträndrige Augenpaare feucht.

Ich sitze ganz im Hintergrunde der Stube neben meiner Freundin. Sie, der es sonst nicht an Worten gebricht, ist so bewegt, dass sie nicht reden kann. Aber sie streichelt unausgesetzt meine Hand. Und als sich Grete endlich vom Instrument erhebt und von dankenden, handküssenden, knixenden und segnenden Alten umringt wird, spricht meine Freundin die Worte aus, für die ich sie hätte küssen können: »Ach nein! Wie leibhaftig sie seiner seligen Mutter gleicht.«

XXIII.

Dezember.

Ich gehe mit Grete nach dem Grabe meiner Mutter.

Es ist winterlich dunkel auf dem Friedhof. In dem grossen Garten des Todes leuchten nur die nackten, weissen Kreuze. Es hat kürzlich geregnet, und wir treten lautlos auf das gefallene Laub.

Der Tod wird grösser und mächtiger in seinem Wintergewande. Zur Sommerzeit wird sein wunderliches Grauen von bunten Blumen und lächelndem Laubwerk bedeckt. Wir suchen den Tod mild und gut zu machen mit den reichen Opfergaben des Sommers. Im Winter aber erhebt er sich in seiner strengen Majestät, breitet seinen Mantel so schwarz aus und drückt jedem Baum des Friedhofes seinen Gerippe-Stempel auf.

Ich schreite mit Grete über den winterlich dunklen Friedhof, und das Grauen des Todes erschreckt mich nicht. Ich stehe im Bunde mit dem guten Herrn des Todes; es will mir scheinen, als weiche der Tod überall dort, wohin wir die Schritte lenken.

Wir sitzen am Grabe, und Grete sagt: »Obwohl Sie so oft mit mir von Ihrer Mutter gesprochen, haben Sie mir doch niemals erzählt, wie sie aussah. Sie waren doch damals, als sie starb, nicht mehr so klein, dass Sie nicht einen bestimmten Eindruck von ihr empfangen haben sollten.«

»Das Bild meiner Mutter, das ich am deutlichsten in meiner Erinnerung bewahre, stammt nicht aus ihren allerletzten Lebensjahren. Es stammt aus der Zeit, ehe die Krankheit sie gebleicht hatte, aus der Zeit, als sie noch jung und hübsch war oder mir doch so erschien. Ich sehe sie an einem schönen Sommertag in einem Garten mitten auf einem Rasen stehen. Sie stand zwischen uns Kindern, die um sie herumspielten, mit einem leichten Shawl, der anmutig um ihre Schultern drapiert war. Ich entsinne mich nicht, jemals eine Frau gesehen zu haben, die einen Shawl so hübsch zu tragen verstand. Ein grosser Gartenhut umrahmte das feine Oval ihres Antlitzes, und das dunkle Haar lag glatt über ihrer Stirn, einer Stirn, so klar und weiss. Mit strahlenden Augen stand sie in ihrer spielenden Kinderschar. Da plötzlich sass ein Kanarienvogel auf ihrer Schulter. Ein fliehender Vogel, der Zuflucht bei ihr suchte. Uns zur Ruhe mahnend, erhob sie die Hand. Eine Weile blieb der Vogel sitzen, strich dann liebkosend seinen Schnabel gegen ihre Wange und flog davon.«

Ich ergreife Gretes Hand, die in ihrem Schosse ruht. »Ja, Grete, so erinnere ich mich meiner Mutter. Wollen Sie aber mehr wissen, da fragen Sie unsere alte Freundin im Stift. Sie sagt, und ich bezweifle nicht, dass sie recht hat, dass Sie ihr leibhaftiges Ebenbild sind.«

Grete schaut mit grossen, liebevollen Augen zu mir empor. Und ich fühle ihre Arme um meinen Hals und ihre Lippen auf den meinen. Dann stehen wir lange, Arm in Arm, in stiller Andacht vor Mutters Grab.

– – Als wir dann aber heimgehen nach dem Mühlenberg, frage ich:

»Erzähle mir doch, wie es gekommen ist, dass Du mich lieb gewonnen hast?« Sie antwortet: »Ich fühlte, dass Du meiner bedurftest, und von der Stunde an besassest Du mein Herz.«

Und dann sagte sie: »Versprich mir, dass Du, wenn ich sterbe, mich dicht neben Deiner Mutter begraben lassen willst. Meiner eigenen Mutter Grab ist an einem fremden Ort, und ich möchte nicht gern weit weg vom Mühlenberg. Ich möchte auch, dass Du Deine Mutter und mich beieinander findest.« Als sie aber sieht, dass ihre Worte mich traurig machen, fügt sie lächelnd hinzu: »Du thörichter Mann, glaubst Du, dass ich ans Sterben denke? Ich habe niemals das Leben mehr geliebt als jetzt!«

XXIV.

Dezember.

Wenn ich früher etwas erreichte, was ich ein Glück nannte, und wenn ich dann mein Herz erforschte, ob das Glück auch wirklich dort wohne, so fand ich stets in irgend einem Winkel den wunden Punkt, wo der Wurm des Zweifels im geheimen hinter der Blütendecke nagte. Und ich habe im geheimen gewusst, dass früher oder später der Augenblick kommen würde, wo die Pracht verblich.

Der Zweifel ist genügsam. Ein unruhiger Blick, ein unüberlegtes Wort verleiht ihm Nahrung. Du sitzest in einer Abendstunde mit der Geliebten da. Plötzlich siehst Du, wie ein fremder Gedanke, eine fremde Erinnerung ihr Auge verschleiert. Du fragst, und sie antwortet mit einem geistesabwesenden Lächeln, einem gleichgültigen Wort. Es ist nur ein Augenblick. Sie vergisst es, und Du vergisst es, während sie Dich in ihren Armen hält. Wenn aber die einsame Nacht kommt, steigt das Bild der Geliebten mit den Augen wie kalte Lügen und mit einem Lächeln, das Dein Herz erstarren macht, vor Deiner Seele auf. Was nützt es, dass sie Dir den nächsten Tag zärtlicher denn je begegnet? Du kannst Dich einen Tag, eine Woche, einen Monat geheilt glauben. Der Wurm hat Dein Glück mit seiner giftigen Zunge berührt. Du bist seine Beute.

Es giebt Menschen, die sich in armseliger Blindheit mit diesem kränkelnden Glück zufrieden geben. Es giebt andere, die in aufgeblasenem Trotz sagen: Sicherheit tötet das Glück.

Es giebt nur ein Glück: im Glück zu ruhen. Zu wissen, dass der Tag, der kommt, mit derselben Sonne anbricht, die gestern entschwand. Nichts mehr zu begehren, nichts mehr zu fürchten. Keinen Tag zurückzuwünschen, keinen Tag anders zu wünschen, weil jeder Tag gleich glücklich ist.

Dies Glück, das einzige, ist mir beschieden.

So eifrig wie nur irgend jemand habe ich darnach gejagt. Ich habe es draussen in der Welt gesucht, wo man sein Glück macht. Ich war früh auf und spät aus, um es zu finden, habe mich bei seiner Verfolgung aufgeregt und ermüdet.

Und dann schwebte es auf mich herab gleich einem stillen Lied an einem fernen, stillen Ort. Ich hörte es in einer herrlichen Sommernacht gedämpft vom Wasser her klingen. Ich wagte nicht, es anzurufen, ich fürchtete, es zu verscheuchen. Ich öffnete ihm nur in demütigem Glauben mein Herz. Und siehe, eines Tages sang das Glück dadrinnen.

Ich habe mein Herz erforscht, kein Zweifel verbirgt sich dadrinnen. Ich habe einsame Nächte wach gelegen, kein Schatten entstellte Gretens holdes Bild.

Ich gleite in einem weissen Boot einen sonnenbeschienenen Fluss hinab, und ich halte eine goldene Frucht, heil und rund, in meiner Hand.

XXV.

Als ich heute Nachmittag nach der Mühle hinaufkomme, sehe ich, dass dort ausser mir noch zwei Weihnachtsgäste sind, Gretens vierjähriges Patenkind Asta und ihr zweijähriger Bruder Karl, Kinder eines Fischers unten am Fjord, der seinerzeit Lehrling auf der Mühle gewesen ist. Sie sollen zum ersten Mal einen Weihnachtsbaum sehen. Zu diesem Zweck glänzen sie von frischgewaschener Zierlichkeit und verlegener Artigkeit. Und als sie mich, den fremden Mann, sehen, suchen sie vorsichtig Deckung hinter Grete, die sie hervorziehen und aufrütteln muss, um sie in ihrer ganzen Schönheit zu präsentieren. Schön sind sie: Asta ein leibhaftiges Engelsbild, das man direkt auf die Spitze eines Tannenbaums setzen könnte, zärtlich und einschmeichelnd, mit einem blonden Lockenkopf und grossen, hellblauen Äugen; Karl ein kleiner, stämmiger Bursch, seemännisch wortkarg und männlich bewusst, mit braunen Augen, die vor lauter Verschmitztheit blitzen.

Das Abendessen ist beendet, und wir gehen in das Gartenzimmer, wo der Baum angezündet ist. Grete hat den Jungen auf dem Arm, und Asta hält ihre Hand fest; hinterdrein kommen der Müller und ich mit unseren Pfeifen. Die Kinder sind anfänglich ganz stumm vor Staunen; mit weit geöffneten Augen starren sie vor sich hin, während Grete sie tanzend rund um den Baum herumführt. Ich flüstere ihr zu: »Ich glaube, Du bist die glücklichste von Euch dreien.« »Ja,« antwortet sie, »denke doch nur, Weihnachten mit Dir und zwei solchen entzückenden, kleinen Geschöpfen zu feiern.«

Es währt aber gar nicht lange, bis sich die Kinder rückhaltlos dem Jubel hingeben. Und als sie entdecken, dass die Herrlichkeiten an dem Baum Früchte sind, die gepflückt werden dürfen, werden sie ganz toll vor Freude. Schliesslich rollen sie sich auf dem Fussboden herum wie zwei Kätzchen zwischen allen ihren Schätzen und erfüllen die sonst so stille Stube mit glucksendem Lachen und eifrigem Plaudern, bis sie müde und schläfrig sind und mit ganz kleinen, blinzelnden Augen zum Gutenachtsagen herumgetragen werden. Aber als Grete sie zu Bett gebracht hat, kommt sie herein und setzt sich aufs Sofa zwischen ihren Vater und mich.

Noch brennen die Lichter auf dem Baum, und der Alte sagt: »Es müssen in diesem Jahr mehr Lichter sein. Das letzte Mal war es dunkel vor mir, heute aber ist es mir fast, als könne ich einen Lichtschimmer erkennen.«

»Ja, Väterchen,« erwidert Grete und lehnt den Kopf an seine Schulter, »es sind auch mehr Lichter in diesem Jahr. Das letzte Mal waren Du und ich allein. Ich wollte meinetwegen nicht so viele Lichter anzünden. Aber an diesem heiligen Abend hat der Mühlenberg richtig Weihnachten gefeiert, mit Kindern. Und so wird es in Zukunft jeden heiligen Abend sein, denn der da,« – sie ergreift meine Hand und legt sie in die des Alten, – »der will bei uns bleiben, wenn Du ihm und mir Deine Einwilligung dazu giebst.«

Der Alte küsst Grete, drückt meine Hand kräftig, und während zwei grosse Thränen aus seinen blinden Augen quellen, sagt er: »Gott segne Euch, Kinder, und schenke Euch lichte Tage auf dem Mühlenberg. Sie, mein Sohn, habe ich ja niemals gesehen, werde ich niemals sehen. Aber an Ihrer Stimme, wenn wir von Grete sprachen, habe ich gehört, dass Sie sie lieb haben.«

– – Ehe ich gehe, führt mich Grete in ihre Schlafkammer, wo Asta und Karl in ihrem alten Kinderbett ruhen. Arm in Arm liegen sie schlummernd da; Asta hat den kleinen Bruder mütterlich an ihre Brust gelegt. Vorsichtig schleichen wir an sie heran und küssen sie. Sie erwachen nicht, lächeln aber, als fühlten sie im Schlaf die Liebe, die an ihrem Lager steht. Dann küsst Grete mich und sagt:

»Denk' nur, wie unsagbar schön, wenn es unsre eigenen wären!« – – –

Grete giebt mir das Geleite bis auf den Berg hinaus. Es ist die schönste, sternenklare Frostnacht. Wir stehen auf dem Kamm des Hügels nach dem Fjord zu. Zur Rechten vor uns fällt der weisse Wald ab; es ist so still, dass wir es hören, wenn ein Zweig im Forst knackt. Vor uns, tief unten, liegt der eisbedeckte Fjord und die Stadt, in deren sämtlichen Häusern Weihnachtslichter schimmern.

»Jetzt ist Friede auf Erden,« flüsterte Grete. »Ja, und Friede in den Herzen der Menschen,« antwortete ich.

Als wir uns aber umwenden, steht die Mühle mit ihren grossen, schwarzen Flügeln gerade vor uns. Ich bemerke, wie ein Schauern

Grete durchzuckt, und ich frage: »Fürchtest Du Dich vor der Mühle?«

»Nein,« sagt sie, »mich fror nur von dem langen Stehen.«

XXVI.

Frost und Schnee haben die alte Stadt abgeschlossen. Seit einer ganzen Reihe von Tagen ist keine Nachricht aus der Umwelt bis zu ihr gedrungen. Da aber Proviant in reichlicher Menge vorhanden ist, und da ausserdem Ferien sind, empfindet die Stadt nicht das Unbehagen einer umzingelten Festung. Sie lebt nur um so intensiver ihr eigenes Leben, sie sammelt gleich einer Henne ihre Kücklein unter ihre warmen Schwingen; sie vergisst, dass sie im Begriff ist, sich zu einer nach aussen hin strebenden Zukunftsstadt mit Bank- und Exportvereinen zu entwickeln; sie wird wieder voll und ganz die alte Stadt.

Wenn ich den schellenden Schlittenzügen mit den in Pelze gehüllten jungen Herren und Damen begegne, wenn ich den schrillen Jubel und das lachende Kreischen der Kinder höre, die mit ihrem Peekschlitten die Abhänge des Mühlenberges hinabgleiten; wenn ich den Fjord schwarz von Schlittschuhläufern daliegen sehe, und wenn des Abends Gesang und Tanzmusik hinter den festlich erleuchteten Fenstern erschallen, – da gedenke ich jenes strengen Winters vor vielen Jahren, als die Stadt, nachdem sie sich mühsam aus dem Schnee her ausgegraben hatte, auf den Fjord hinauszog und dort wochenlang Karneval feierte.

Wie phantastisch es mir vor der Erinnerung steht:

Durch eine Tannenpforte gelangt man in eine lange Eisgasse, die zwischen hohen Schneemauern geschützt daliegt. Plötzlich befindet man sich dann auf einem grossen, freien Platz, der im Fackelschein erstrahlt und von Zelten umfriedigt ist, die mit bunten Lampen erhellt werden. In diesen Zelten wird gegessen und getrunken, gesungen und getanzt. Und vom Platz aus schneiden neue Strassen in das Schneegebirge ein. Man kommt vorüber an Höhlen, die durch bengalische Flammen magisch erleuchtet sind; an Schnee-männern mit funkelnden Feueraugen, kleinen Buden, in denen alte

Weiber beim Schein der Thranlampe Aal braten und Pfannkuchen backen, an einem Wärmeschuppen, der der glühende Ofen genannt wird, – bis man in einen Hain aus Tannenbäumen gelangt, wo sich die Menschenmenge um ein Karussell mit Schlitten drängt, das die belebende Eigenschaft hat, bei jeder Rundfahrt einen der Schlitten in einem Schneehaufen umwerfen zu lassen. Die Schneestadt verzweigt und verbreitet sich noch weiter. Wir Kinder gelangen niemals bis an ihr Ende, denn es verlauten Grerüchte von schrecklicher Wildheit und unheimlichen Schlägereien in den fernen, finstern Vorstädten, wo die Gesellen und Lehrlinge der alten Stadt mit den feindlich gesinnten Leuten von der andern Seite des Fjords zusammentreffen. Wir bleiben, wo das Licht herrscht und die Unschuld wohnt. Wo unsere Schwestern und deren Freundinnen in windesgeschwinder Fahrt mit ihren Kavalieren an uns vorübersausen oder ein nicht allemal ganz tadelloses, aber um so fröhlicheres Lanciers auf Schlittschuhen aufführen. Zur Vesperbrotzeit ist die ganze Stadt auf dem Fjord versammelt. Dann kommen die Mütter und Väter, um die jungen Töchter und die Kinder abzuholen, oder auch, sie bringen das Abendbrot in Körben mit. Im glühenden Ofen thun sich da Freunde und Bekannte zusammen und decken einen gemeinsamen Tisch mit den Schätzen der verschiedenen Proviantkörbe. Und wenn man dann später nach Hause wandert, steigen Raketen über dem Fjord auf, und das summende Karnevalstreiben verstummt erst spät in der Nacht.

Grete und ich hatten am Vormittag eine Schlittenfahrt gemacht. Unten am Fjord machten wir Halt und begaben uns auf das Eis zwischen die Schlittschuhläufer. Dort herrschte Leben und Frohsinn, doch fehlte die märchenhafte Scenerie von ehemals. Ich fühlte mich vielleicht ein wenig enttäuscht über die glatte, blankgefegte Bahn und das ganze geordnete, sportsmässige Gepräge, das die Belustigung jetzt trug; um so eifriger vertiefte ich mich in die Wiederauffrischung alter Erinnerungen. Erst spät entdeckte ich, dass Grete, die sonst stets so gleichmässige, schweigend und mit einem schmerzlichen Ausdruck in den Augen neben mir herging, als erschaue sie in der Ferne ein schweres Leid. Bekümmert fragte ich, was ihr fehle.

»Mein teurer Freund,« sagte sie, »vergieb mir, – es ist nichts als kindische Thorheit. Während wir hier zwischen allen diesen Menschen einhergingen, die gleichsam atemlos nach der Freude jagen, überfiel mich die Angst, dass ich Dich verlieren könne, dass sie Dich mir entreissen wollten. Es war mir, als enteile Deine Rede mit ihnen, weit, weit weg. Verzeih mir. Bedenke, wie wenig ich daran gewöhnt bin, mich unter Menschen zu bewegen. Bedenke, es ist das erste Mal, dass wir die stillen Stätten verlassen haben.« Sie lächelt mir wieder zu, sie drückt zärtlich meinen Arm. Ich aber führe sie schleunigst fort von der Bahn der Schlittschuhläufer; wir besteigen den harrenden Schlitten, und wir kehren zurück zu den stillen Stätten.

XXVII.

Den 7. Januar.

Heute bekamen wir Schlittenpost. – Sie brachte mir einen Brief von meinem Verleger, der mich neckend fragt, ob ich mein Einsiedlerleben nicht bald satt habe, und ob mich die Aussicht, Leiter eines grossen litterarischen Unternehmens zu werden, das er plane, nicht zur Rückkehr bewegen könne. Die Bedingungen, die er mir bietet, sind so günstig, dass ich vorläufig aller pekuniären Sorgen überhoben sein würde.

Vor wenigen Monaten würde ich vielleicht geschwankt haben. Jetzt bedarf meine Antwort keiner Erwägung. Ich tauche sofort meine Feder ein und schreibe, dass ich sein freundliches Anerbieten nicht annehmen kann, weil ich hier oben auf dem Mühlenberg der glücklichste Mensch von der Welt geworden bin, und weil mein Glück an dieses Fleckchen Erde gebunden ist. Dass ich folglich jeden Gedanken, zurückzukehren, unwiderruflich aufgegeben habe, und dass meine Beteiligung an dem litterarischen und öffentlichen Leben sich auf die Bücher beschränken muss, die ich schreibe. Dass das Buch, das er erwartet, bald kommt, und dass ihm andere folgen werden, die meinen früheren ebenso wenig gleichen werden. Dass ich mich auf dem Mühlenberg niedergelassen habe, wo die Luft klar und rein ist, wo der Zweck des Lebens leichter zu fassen, die Leidenschaft unzusammengesetzter, das Gefühl tiefer wird. Dass endlich mein Glück so sicher ist, dass es weder der Reue noch der Anklage bedarf; dass es im Gegenteil einen Dank für alles Verflossene hat, weil es ohne dasselbe nicht so gross gewesen wäre.

Ehe ich meine Antwort absende, zeige ich Grete den Brief des Verlegers. Als sie ihn gelesen hat, sagt sie nach kurzem Schweigen:

»Ich benutze diese Veranlassung, um Dir etwas zu sagen, worüber ich unausgesetzt nachgedacht habe seit jenem Tag auf dem Eise. Ich darf Dich nicht zurückhalten. Du kannst für eine kurze Weile hier gedeihen; früher oder später wird alles das, woher Du gekommen, Dich wieder rufen. Ich finde das nur richtig und natürlich. Und deshalb sollst Du wissen, dass ich Dir keine Fessel anlegen will. Thue, was Du willst und musst. Thue mit mir, was Du willst. Lass mich hier bleiben, wenn Du mich vielleicht als Hemmschuh fürchtest, wozu Du nach meinem dummen Benehmen neulich Grund hast. Oder nimm mich mit, wenn Du glaubst, meiner in irgend einer Weise zu bedürfen, und wenn Du mir auf mein Wort zu glauben wagst, dass ich von meiner Dummheit gründlich kuriert bin. Ich folge Dir, wohin Du willst. Der Mühlenberg war bisher mein Heim. Ohne Dich werde ich auf dem Mühlenberg heimatlos sein. Das Leben und die Welt da draussen erfüllten mich mit Angst. Vereint mit Dir, werde ich keine Furcht empfinden. Und sagst Du, dass ich um Vaters willen hier bleiben muss, so antworte ich: An Vater hat es nicht gelegen, dass wir nicht von hier fortgezogen sind. Zeitenweise glaube ich sogar, dass er gern fortgehen würde. Vielleicht wäre es auch besser für ihn. Er ist alt, in letzter Zeit plagen hier oben in der Stille oft sonderbare Gedanken seinen Sinn. Es ist fast, als fürchte er die Mühle, er glaubt, sie rufe ihn, sie mache ihm Vorwürfe, weil er sie ausser Thätigkeit gesetzt hat. Gegen meinen Vater thun wir kein Unrecht, wenn wir fortgehen. – Willst Du aber, dass ich hier bleiben und auf Dich warten soll, so ist auch das gut. Vielleicht meinst Du, dass es besser für Dich ist, wenn Du eine Zeit allein bist und Dein Herze prüfest: ob Du nicht einzig und allein hier in der Einsamkeit meiner bedurftest. Alles, was Du bestimmst, alles, was Du mit mir thust, ist gut. Denn ich liebe Dich.«

Ich lasse Grete ausreden. War das hart und hässlich von mir, mein süsses Lieb? War es selbstsüchtig, grausam, dass meine Seele nichts einbüssen wollte von den teuren Worten, die Dein angsterfülltes Herze verblutete? Ich glaube, Du verzeihst mir um des doppelten Jubels willen, den meine Antwort nun hervorrief.

Meine Antwort, die Du schwarz auf weiss erhieltest in meinem Antwortschreiben an den Verleger.

XXVIII.

Ende Januar.

Grete hatte mich niemals nach meiner Vergangenheit gefragt, eine Frage, die das erste zu sein pflegt, was ein Mann von seiner Geliebten hört. Ich dachte: Sollte das seinen Grund in Unwissenheit haben? Zweifellos nicht; dass Grete über das Leben Bescheid wusste, war klar und deutlich. Sie sprach ohne Umschweif von alledem, worüber zu erröten die jungen Mädchen sonst als ihre Pflicht, als einen Beweis ihrer Unschuld halten. Sollte es da etwa seinen Grund in einem allzu guten Glauben an mich haben?

Ich wollte keine Zweifel, keinen Betrug in diesem Punkt. Und so fragte ich sie denn heute.

Niemals habe ich Grete so ausgelassen lustig gesehen. Sie lachte so herzlich, so übermütig, dass sie kaum wieder innehalten konnte. Endlich sagte sie: »Nein, Du bist wirklich zu gut! Du fragst halb beleidigt, ob ich glaube, dass Du ein Leben geführt hast wie die alten Damen im Stift. Nein, mein Freund, Du kannst Dich beruhigen. Du hast der Öffentlichkeit Deinen Leichtsinn viel zu deutlich eingeschärft, als dass irgend jemand daran zweifeln könnte, was für eine entsetzliche Person Du bist.«

Und sie lachte abermals, so dass ich ganz verwirrt wurde. Allmählich gewann sie ihren Ernst wieder und sagte – wir gingen im Walde –:

»Setzen wir uns hier auf die Bank, dann will ich Dir den Grund mitteilen, weswegen Dein arges Treiben mich niemals beunruhigt hat, ja, nach allem, was ich darüber weiss, gewährt es mir im Gegenteil eine Garantie, dass Du erst jetzt das fühlst, was ich unter Liebe verstehe. Hinterher kannst Du mir sagen, ob ich recht habe oder nicht.

Zuerst muss ich Dir gestehen, dass meine Sicherheit nichts zu schaffen hat mit der – vermutlich von den Männern – allgemein verbreiteten Ansicht, dass ein Mann einen Teil seiner Jugend dazu verwenden muss, um sich, auszutoben. Ich glaube nicht, dass Eure Leidenschaft so gross ist, dass Ihr das nötig habt.

Nein, meine Sicherheit hat einen Grund, den ich mir selber ausgetüftelt habe, und der meiner Ansicht nach weit solider ist. Ich habe bei allen Deinen Bekenntnissen vergebens nach dem Kinde ausgespäht. Viele begeisterte Worte hast Du verschwendet, um die Schönheit Deiner Geliebten zu schildern. Du hast sie mit allen Vorzügen ausgestattet. Nur eins hast Du ihnen versagt: Die Berechtigung, Deine Kinder zu gebären. Vielleicht bist Du Dir dessen gar nicht bewusst gewesen. Jedenfalls scheint es mir, dass Du gleichsam absichtlich die Kinderfrage umgehst, in der ich den Anfang und das Ende jeder wirklichen Liebe erblicke. Was kann einem Manne die Frau wert sein, der er nicht die Frucht seiner Umarmung zu schenken wünscht. Das ist doch das grosse Wunder, das Glück über alles Glück in der Umarmung zwischen Mann und Weib, dass sich darin der Ewigkeitsdrang ihrer Liebe begegnet, der Drang, sich bis in die fernsten Zeiten hinaus durch die Kinder und so weiter bis zum Ende der Tage vereinigt zu wissen. Wenn ich in Deinen Armen ruhte und fühlte, wie Dein Wille erkaltete aus Furcht vor dem Kinde, so würde ich die tiefste Beschämung empfinden. Ich würde denken: Zu einer flüchtigen Lust, der rücksichtslosen Wollust der Sinne bin ich ihm gut genug. Aber er hält mich nicht für wert, meinen Schoss seinen Ewigkeitsgedanken tragen zu lassen. – Jetzt bin ich stolz und sicher, denn ich glaube zu wissen, dass ich die erste bin, die Du als Mutter Deiner Kinder zu sehen gewünscht hast. Und ich empfinde keinen Neid auf die Vergangenheit und die Frauen, die sie ausfüllen. Die Ärmsten, wenn sie Dich geliebt haben; denn ihre Herzen werden dann selbst bei Deinen glühendsten Liebkosungen und Schmeicheleien Leere und Enttäuschung empfunden haben. Im entgegengesetzten Falle sind sie des Mitleids nicht wert. Sie fanden, was sie suchten. Keine von ihnen nahm auch nur das geringste von dem Glück, das Deine Liebe mir verheisst.« –

»Habe ich denn,« fragte Grete, – »so unrecht gehabt, wenn ich mich nicht über Deine Vergangenheit beunruhigte?«

Ich aber kniete wortlos nieder und legte mein Haupt in ihren Schoss.

XXIX.

Es ist so, wie Grete sagt, – es steht nicht gut mit ihrem Vater. Wir sind dahinter gekommen, dass er sich in letzterer Zeit mehrmals, wenn wir aus waren, in die Mühle geschlichen hat. Wir fassten Verdacht auf Grund seiner Andeutungen, und nun neulich sahen wir ihn aus der Mühle herauskommen. Er schlich fort wie jemand, der sich fürchtet, überrascht zu werden. Leise drehte er den Schlüssel um und lauschte bei jedem Schritt.

Wir sind in der Mühle gewesen, um zu sehen, ob wir entdecken könnten, was er dort vornimmt. Alles stand scheinbar unberührt.

In Wirklichkeit ist es nicht so wunderlich, wenn den alten Mann hin und wieder einmal die Lust anwandelte, sich in seiner Mühle umzusehen, die so viele Erinnerungen für ihn umschliesst. Das Beängstigende ist nur die versteckte Art und Weise, mit der er sie uns zu verbergen sucht. Und dabei kann er es doch nicht lassen, Dinge zu sagen, die ihn verraten.

Eines Tages, als Grete aus dem Zimmer gegangen war und er und ich zusammen auf dem Sofa sassen, rückte er dicht an mich heran und flüsterte: »Sie haben wohl schon bemerkt, dass Grete es nicht gern sieht, wenn ich nach der Mühle hinübergehe? Hat sie Ihnen niemals den Grund davon erzählt? Also nicht? Soll ich Ihnen sagen, was ich glaube? Sie ist besorgt, weil ich alt und blind bin. Sie meint, ich könne nicht allein fertig werden, es könne mir ein Unglück geschehen. Grete ist so besorgt um mich, sie ist eine gute Tochter, und ich kann es nicht übers Herz bringen, ihr zuwider zu handeln; hätte ich aber irgend etwas dort zu schaffen, so fände ich sicher meinen Weg über den Mühlenberg und wüsste mich auch wohl in der Mühle zurecht zu finden so gut wie irgend ein jüngerer Mann mit zwei gesunden Augen.«

Überhaupt beschäftigen sich seine Gedanken in krankhafter Weise mit der Mühle. Nicht nur in den Träumen der Nacht, – wie Grete, besorgt an seiner Thür lauschend, gehört hat, – phantasiert er davon. Auch am hellen Tage spukt sie in seinem Gehirn. Er spricht davon wie von einem lebenden Wesen, das ihm etwas nachträgt und dessen Rache er fürchtet.

Neulich abends sagte er zu mir:

»Finden Sie nicht, dass so eine Mühle, die immer so still steht, ein wunderlich Ding ist? Ja, natürlich, wäre sie alt und abhängig, so wäre es etwas anderes. Aber der Mühle fehlt nichts, sie ist von innen wie von aussen in bester Ordnung. Und ihre Bestimmung hier in der Welt ist, zu gehen, so lange ihre Kräfte ausreichen. Sehen Sie, es liegt ja auch etwas Demütigendes darin, dass Leute, die es nicht besser wissen, und die sie nicht in jenen Zeiten gekannt haben, als sie die flotteste Mühle in der ganzen Umgegend war, auf den Gedanken kommen könnten, dass sie überhaupt nicht gehen kann. Nein, ich habe nicht recht gegen die Mühle gehandelt. Entweder hätte ich sie einem Jüngeren überlassen sollen, als ich selber alt und müde wurde, oder ich hätte sie erschiessen müssen wie einen Jagdhund, dessen Herr nicht mehr im stande ist, ihn in Feld und Wald zu führen und der ihn doch nicht als Eigentum anderer sehen will.«

Grete, die hereingekommen war und die letzten Worte gehört hatte, machte mir ein Zeichen, und ich sagte:

»Ja, Müller, ich finde auch, es ist unrecht gegen die Mühle. Sie würden ein gutes Werk an ihr thun, wenn Sie sie abbrächen. Dann ist sie tot und weg und hat Frieden und Sie auch.«

»Es wird wohl auch noch so kommen,« erwiderte der Müller. »Ja, natürlich, es muss wohl so sein. Aber man geht nicht leichten Sinnes an so etwas heran. Man weiss doch niemals, ob nicht doch noch einmal etwas für sie zu thun ist. Wenn auch nicht zu meiner Zeit, so doch, wenn der neue Mann meinen Platz einnimmt.«

»Ja, aber Vater,« schob Grete ein, »der neue Mann ist ja gekommen, und auch er hat keine Verwendung für die Mühle.«

»Das ist ja auch wahr,« lächelte der Alte. »Der neue Mann hat seine Mühle selber still stehen lassen!« – – – – – – – Seither aber haben Grete und ich davon gesprochen, dass wir ihren Vater um jeden Preis dazu bewegen müssen, den Abbruch der Mühle zu gestatten.

XXX.

Ende Februar.

Wir haben beschlossen, im Mai zu heiraten. Worauf sollten wir auch wohl warten? Im Müllerhause ist hinreichend Platz und Essen. Das wenige, was wir ausserdem gebrauchen, kann ich wohl dazu dichten. Vorläufig soll der Rest meines Honorars zu Gretes Brautkleid verwandt werden. Sie schilt mich meines Leichtsinns wegen, aber ich will, dass sie die schönste und feinste Braut sein soll, die die alte Stadt jemals gesehen hat. Die Hochzeit soll in der kleinen ländlichen Kirche des Stifts stattfinden, und niemand ausser den alten Damen soll Zutritt haben. Aber unsere Freundin und drei andere gute Jungfrauen sollen Grete als Brautjungfern das Geleite an den Altar geben. Nach der Trauung trinken wir ein Glas Champagner mit dem Brautgefolge, aber es soll auch süsser französischer Wein gereicht werden, falls jemand den vorziehen sollte. Wenn wir dann nach Hause fahren, lassen wir den Wagen vor dem Friedhof halten; denn Grete will ihren Brautkranz auf Mutters Grab legen, die uns ja vereint hat. Und dann halten wir unseren Einzug auf dem Mühlenberg als Mann und Frau und ziehen in das obere Stockwerk des Müllerhauses, das leer und unbenutzt dagestanden hat, seit Gretes Mutter starb. Es ist Mai, die Buche ist eben frisch belaubt, die Luft ist voll Blütenduft, und im Wald auf dem Mühlenberg singt die Nachtigall ihre Liebeslieder. – – –

Die Tage vergehen schnell, während Grete und ich unserm grossen Glück leben und von dem noch grösseren Glück träumen, das unser harrt, wenn der Frühling kommt.

Am Morgen machen wir in der Regel einen weiten Spaziergang. Entweder in die entlegenen Strassen und Gassen der Stadt, deren Namen allein uns in eine ferne Vergangenheit versetzen, und von denen einzelne, namentlich die uralte Scholarenstrasse, die sich in Treppenabsätzen zwischen baufälligen Hütten und verwittertem Gemäuer hinschlängelt, so eng sind, dass man sie im Gänsemarsch passieren muss. Oder wir begeben uns auf die hohen, orfenen Landstrassen hinaus, wo der Blick in die weite Ferne schweift und die Gedanken auf eine Reise in die Zukunft ausziehen. Erfrischt von der kalten Luft, warm und rotwangig, kehren wir dann heim an unsere Arbeit. Ich zu meinem Buch, das jetzt schnell und sicher vorschreitet, Grete zu ihrer Aussteuer. Es liegen von der Mutter her vollauf an Leinen und Gedecken, starke, eigengewebte Sachen, in Kisten und Kasten. Aber Grete will nicht als faule Braut ins Brautbett gehen. Es soll mit Bettzeug bezogen sein, das von ihr selber gesäumt und gestickt ist. Und wie das Brautbett, so soll das ganze Haus sein. Die Nähmaschine surrt den ganzen Tag, und am Abend fliegt die fleissige Nadel, während ich dabei sitze und oft die Arbeit störe, indem ich die lieben, geschäftigen Hände küsse.

Eines Abends finde ich Grete beschäftigt, feine Leinwand in winzig kleine Stücke zu zerschneiden. Ich sitze da und zerbreche mir den Kopf, was das nur werden soll, und Grete, die meine Verwunderung sieht, lächelt verschmitzt. Endlich platze ich mit meiner Neugier heraus, und ich frage: »Wer von uns beiden, Du oder ich, soll denn mit diesem Puppenzeug herausgeputzt werden?«

»Niemand von uns beiden,« erwidert sie. »Es sind die Hemdchen unseres Erstgeborenen.«

Halb scherzend, halb ernst frage ich: »Gieb acht, Kind, dass Deine allzu sichere Hoffnung nicht zu Schanden wird. Es wäre auch wohl später noch Zeit gewesen, für die Aussteuer des Sohnes zu sorgen.«

Sie sieht mich mit Thränen in den Augen an. »Das darfst Du nicht sagen. Ich will nicht an etwas so Trauriges denken. Welchen Zweck hätte denn alle meine Liebe, wenn ich Dir nicht einmal einen Sohn sollte schenken können? Und Dein Sohn soll nicht in ein armes, unvorbereitetes Heim kommen. Er soll auch nicht Kleider tragen, die in Läden gekauft sind, fremde Kleider, denen kein Gedanke an ihn anhaftet. Deswegen nähe ich seine Aussteuer jetzt, wo ich noch gesund bin und Kräfte dazu habe. Wie es später sein wird, kann niemand wissen. Sollte es dann geschehen, dass ich von ihm fortgerufen werde, so wirst Du ihm doch, wenn er gross genug sein wird, um es zu verstehen, erzählen, dass seine Mutter für ihn gesorgt hat, soweit sie es vermochte. Und er wird sich niemals ganz mutterlos fühlen.« – –

»Und nun zürnst Du mir doch nicht und meinst, ich sei zu überspannt und zu vertrauensselig? Welcher Gott sollte wohl einer Frau das Glück neiden, Fürsorge für das Kind zu tragen, dem sie, um es zu gebären, gern das Leben opfern würde?«

Dies sagte sie, als sie an dem finstern Abend draussen auf dem Mühlenberg stand und mir die Hand zum Abschied reichte. Ich zog sie an mich und flüsterte: »Du beste aller Mütter.«

XXXI.

Den 8. März.

Es ist jetzt beschlossen, dass die Mühle abgebrochen werden soll. Der Alte hat seine Zustimmung gegeben, in vierzehn Tagen wird die Arbeit in Angriff genommen. Nachdem er nun diesen endgültigen Entschluss gefasst hat, scheint der Müller sich zu beruhigen. Soweit wir es beurteilen können, hat er in der letzten Zeit nicht einmal einen heimlichen Besuch in der Mühle abgestattet.

Über uns alle ist mit dem Beschluss des Abbruchs der Mühle eine wohlthuende Ruhe gekommen. Ohne es einander eingestehen zu wollen, gingen Grete und ich in beständiger Angst, dass sich ein Unglück ereignen könne. Wie leicht konnte es nicht geschehen, wenn sich der alte, blinde Mann allein in der Mühle zu schaffen machte, dass er über eine der steilen Treppen stolperte, durch eine Luke oder durch das Räderwerk zu Schaden kam? Grete hat es mir jetzt eingestanden: oft, wenn sie unter dem Vorwand, dass sie der Aussteuer wegen keine Zeit habe, einen Spaziergang mit mir ausschlug, war es nur die Furcht, den Vater allein zu lassen, die sie zurückhielt.

Jetzt ist alles gut und ruhig wie ehedem. Und am Abend sitzen wir alle drei beisammen und verhandeln darüber, wozu der Wall benutzt werden soll, wenn die Mühle weg ist. Der Alte meint, da die Mühle bisher den Schiffern als Seezeichen gedient hat, müsse er wohl den Grund zur Errichtung eines andern leicht in die Augen fallenden Wahrzeichens anbieten. Grete aber macht geltend, dass viele andre Punkte auf dem Mühlenberg sich ebenso gut dazu eignen würden, dass der Wall ihr Eigentum sei, und dass es ihnen niemand verdenken könne, wenn sie ihn nach ihrem eigenen Belieben einrichten. Sie und ich haben einen Plan, von dem wir hoffen, dass ihr Vater ihm beistimmen wird.

Auf dem Wall wollen wir ein Lusthaus in antikem Tempelstil errichten. Rings umher auf dem Wallgange pflanzen wir einen Kranz schirmender Tannen an; an dem Tempel und dessen Säulen aber sollen sich im Laufe der Zeit wilder Wein, wilde Rosen und Jelängerjelieber emporranken. Auf dem Frontispice wollen wir in goldener Schrift die Einweihungsworte: »*Dem Gotte des Mühlenbergs*« anbringen.

Dem Gotte des Mühlenberges, dem Grotte des Friedens, dem Gott unseres Glückes wollen wir unsern Blumentempel, den idyllischen Parnass unseres Olymps errichten. Hier wollen wir sitzen und weit über das Land hinausschauen, wollen die Welt unter uns lärmen lassen, den Sturm sausen hören und das Gewitter uns umbrausen lassen, und alle Tage in Sturm wie in Stille soll uns die milde Hütte des Friedens schirmen. Hier wollen wir sitzen, so lange wir jung sind und sich Rosen, Weinlaub und Jelängerjelieber um unsere Herzen schlingen; hier wollen wir auch sitzen, wenn die alten Jahre kommen und der Duft der Erinnerungen uns umwogt. Hierher wollen wir unsere Kinder führen, während sie noch klein sind, und sie lehren, die Knie vor unserm Grott zu beugen, und hier wollen wir sie erwarten, wenn sie, im Kampfe des Lebens erprobt, Ruhe im Tempel des Heims ihrer Kindheit suchen. Am schönsten aber, glauben wir, wird es sein – wir lächeln über den unverzagten Mug unsrer Träume – wenn der Tag kommt, an dem unser Sohn und seine Braut unsern Platz zwischen Rosen und Jelängerjelieber einnehmen werden.

Gemeinsam bauen wir unsern Tempel. Aber an dem Tage, wo der Tempel errichtet ist, und wir zusammen dort oben stehen, will ich Grete erzählen, wie ich, schon ehe ich sie kannte, und lange bevor ich sie liebte, sie als Friedensgöttin anbetete und ihr aus der Mühle einen Hochaltar errichtete.

XXXII.

Den 19. März.

Der Lenz kommt in diesem Jahre früh. Der warme Regen und die glühende Sonne der letzten Tage hat die Blumen des Waldbodens schon aus der braunen Laubdecke hervorgelockt, hat den Vogelgesang in den Lüften schon geweckt.

Es war gleich nach Sonnenaufgang, als ich Grete heute Morgen zu unserm Spaziergang abholte. Die Morgensonne hat mich geweckt, ich konnte es nicht übers Herz bringen, die schönen Stunden zu verschlafen. Und ich stehe pfeifend vor dem Mühlenhause, wo noch alles geschlossen ist. Ein Rouleau wird aufgezogen, und Grete wird sichtbar im weissen Nachtgewande, das reiche, braune Haar frei herabwallend und in der Sonne goldig schimmernd. Sie nickt mir lächelnd zu und sendet mir einen so fröhlichen Morgengruss, dass die ganze Luft mit Freude erfüllt ist. Als ich aber daran denke, dass diese lebensstrahlende Jugend mir gehört, und dass über ein Kleines dieser üppige, weisse Körper in meinen Armen ruhen und meinem Verlangen zu willen sein wird, da schwindelt es mir. – – –

Wir gehen in den Wald und trinken den starken Wein des Frühlings, den die Sonne aus tausend gährenden Säften keltert. Ich sehe das Blut in Gretens Wangen steigen, ich höre es in ihrer Hand pochen, die ich in der meinen halte. Der Rausch des Lenzes ist in uns, seine lebhafte Mattigkeit ergiesst sich in unsere Adern. Grete schmiegt sich an mich, müde sucht sie, den Kopf gegen meine Schulter gelehnt, Stütze an meinem Arm, und sie sagt leise:

»Hörst Du denselben Gesang wie ich?«

»Was für einen Gesang hörst Du denn?«

»Es sind Stimmen, die sehnend rufen, und es sind Stimmen, die zurückweichend locken. Sie spielen miteinander, bald klagend fern, bald weinend nahe, bald fragend, bald antwortend, bald ineinander fliessend in einen jubelnden Einklang aller Töne. – Ich glaube, es ist der Hochzeitsgesang der Natur, der um uns her erschallt. Hörst Du ihn denn auch?«

»Ich höre die Natur zum Fest rufen: Hervor, ihr Blumen alle, singt, ihr Vögel, grünt, ihr Bäume! Stehet früh auf, schmücket Euch und übet Euch. Der Lenz ist gekommen, haltet Euch bereit. Denn wenn der Maientag anbricht, steht die Prinzessin des Mühlenberges in ihrem Brautschmuck da. – Ich höre die Natur Deine Hochzeit einsingen!«

Ein Bach hemmt unsern Weg; sonst rinnt er nur leise mit spärlichem Wasser zwischen grossen Steinen dahin, das Schmelzen des Schnees und Eises aber hat ihn über seine Ufer treten lassen. Nur hie und da ragt ein Stein auf.

»Wir müssen wohl umkehren?« frage ich.

Grete lehnt sich zärtlich an mich:

»Ich bin frühlingsmüde,« sagt sie. »Ich möchte nur ungern einen Umweg machen. Glaubst Du nicht, dass Du mich tragen kannst?«

Sie schlingt ihre Arme um meinen Nacken, ich hebe das grosse Mädchen in die Höhe und stehe mit ihr im Bache. Ich fühle ihren weichen Körper eng an den meinen gepresst, ihr warmer Atem streift meine Wange. Ich fühle keine Bürde, aber wiederum schwindelt es mir. Ich muss meinen ganzen Willen zusammennehmen, um nicht mit ihr zu fallen.

Und dann sitzen wir beide ein wenig atemlos auf der Bank jenseits des Baches. Grete aber legt ihr Haupt an das meine und flüstert mir ins Ohr:

»Du mein starker Bräutigam. Wie schön ruht es sich in Deinen Armen.«

Der Lenz kommt früh in diesem Jahre. Hochzeitsglocken läuten in der Natur. Die Brautleute sehnen sich nach dem Hochzeitstage.

Den 21. März.

Ich habe meine Papiere aus der Hauptstadt erhalten, die Atteste, ohne die man nicht getraut wird, selbst nicht auf dem Mühlenberg. Ich sehe, dass ich in dem ersten Jahre meines Lebens geimpft worden bin, und zwar »mit Erfolg«. Gott sei Dank! Sonst hätte ich vielleicht keine Erlaubnis erhalten, in den Stand der heiligen Ehe zu treten.

Morgen oder übermorgen wird mit dem Abbruch der Mühle begonnen. Der Alte war heute Abend ganz guter Laune.

XXXIII.

Den 22. März.

Grete ist heute Morgen oben bei der Mühle zu Schaden gekommen. Der Arzt giebt uns ganz gute Hoffnung.

Am Abend desselben Tages.

Diese Nacht hat wohl ein starker Sturm geweht. Ich fand übrigens nicht, dass es besonders heftig wehte, als ich nach der Mühle hinaufging, aber ich dachte ja nicht gerade so sehr viel an das Wetter.

Als ich aus dem Walde auf den Hügelkamm hinaustrat, sehe ich Grrete oben auf demMühlenwall zwischen den Flügeln stehen, genau so wie das erste Mal, als ich sie auf dem Mühlenberge erblickte. Dann sind die Arbeiter also noch nicht gekommen, dachte ich. Es war vielleicht auch noch zu früh. Und ich dachte weiter, dass Grete wohl da hinaufgegangen sei, um Abschied von der Mühle zu nehmen. Sie sah mich nicht, sie starrte auf den Fjord hinaus. Ich schwang den Hut, ich rief sie. Sie hörte mich nicht, sie stand in Gedanken versunken da. Und ich hatte den Wind auch wohl entgegen. Plötzlich ging ein Ruck durch die Flügel. Ich glaube, ich habe laut aufgeschrieen. Entweder hat sie meinen Schrei gehört, oder sie hat die Gefahr selber bemerkt. Sie drehte den Kopf herum, unsere Blicke begegneten sich, sie machte eine Bewegung, als wolle sie vorwärtsstürzen, in derselben Sekunde aber sank sie lautlos zu Boden, von dem einen Flügel getroffen. Und der nächste Flügel folgte, ging über ihren Körper hin, und wiederum der nächste. Rund herum in wachsender Schnelligkeit gingen die Flügel über Grete hin. Ich dachte, während ich lief: Du bist verrückt geworden, es ist ein Schwindel, alles vor deinem Blick dreht sich. Aber dann sah ich ja, dass Gretens Körper seine Stellung nicht verändert hatte.

Auf der andern Seite der Mühle, der Walltreppe gerade gegenüber, traf ich Gretens Vater. Er stand dort und befestigte ein Tau. Er lächelte so wunderlich. Der Gedanke zuckte mir durch den Kopf: er hat seine Tochter in einem Anfall von Wahnsinn getötet. Ein wahnwitziger Gedanke. Ich ahnte im selben Augenblick alles. Im Vorübereilen sagte ich ruhig: »Grete ist von den Mühlenflügeln getroffen.« Als ich bei ihr anlangte, stand die Mühle wieder. Ihr Vater hatte sie wohl angehalten. Ich lag über sie gebeugt, sie rührte sich nicht. Sie war schneeweiss im Gesicht, aber ich sah weder eine Wunde, noch Blut. Ich rief sie, ich nannte wieder und wieder ihren Namen. Da öffnete sie ihre Augen und lächelte, schloss die Augen sofort wieder, das Lächeln umspielte noch immer ihren Mund. Sie hatte mich gesehen, und sie lächelte. Ach Gott, ach Gott! Sie war nicht tot. Hinter mir erklang ein Schluchzen, und eine zitternde Hand berührte tastend meine Schulter. Es war der Alte. »Sie lebt!« sagte ich. »Aber wir müssen sie ins Haus schaffen.« – Ich blickte auf; in geringer Entfernung von uns standen drei oder vier Arbeiter in einem Haufen mit guten, mitleidigen Augen. Sie drängten sich still heran, um zu helfen. Und einer von ihnen sagte: »Es ist schon zum Arzt geschickt.«

»Wir trugen sie hinein, und der Arzt kam. – –

Heute Abend ist ihr Zustand unverändert. Sie liegt bewusstlos da. Der Schlag hat sie auf die rechte Seite des Kopfes getroffen. Es ist nur eine Schramme und eine schwache Geschwulst zu sehen. Aber der Arzt befürchtet entweder eine Gehirnerschütterung oder einen Bruch.

Meine Ahnung in Bezug auf die Ursache des Unglücks bestätigt sich. Gretens Vater wollte die alte Mühle, ehe sie abgebrochen und zur letzten Ruhe gebracht wurde, ein letztes Mal gehen lassen. Bei seinen geheimen Besuchen da drüben hatte er sich vergewissert, dass die Maschinerie in Ordnung war. Er ist heute Morgen frühe nach der Mühle hinaufgegangen, ist wahrscheinlich dort gewesen, als Grete kam. Vor dem Tosen des starken Sturmes hat sie weder sein Kramen da drinnen gehört, noch es gemerkt, dass er sich auf die entgegengesetzte Seite begeben hat. Und dann hat er die Presse fortgezogen, im selben Augenblick aber setzte der Sturm die Mühle in Bewegung, und das Unglück geschah.

So viel habe ich aus den wenigen Worten, die er sagte, schliessen können. Er sitzt meistens in stummer Verzweiflung da. Es ist ein Jammer, ihn zu sehen. Fast noch qualvoller, als an Gretens stillem Lager zu verweilen. Als aber die Arbeiter kamen und fragten, ob sie mit dem Abbrechen beginnen sollten, sagte er, sie könnten gehen. Er würde es ihnen sagen lassen, wenn er ihrer bedürfe.

XXXIV.

Den 24. März.

Sie ist tot. Meine Grete, mein teures Mädchen ist tot.

Wir wussten ja gestern den ganzen Tag hindurch, dass es keine Hoffnung mehr gab. Das Fieber und die Phantasien begannen in der Nacht, und der Arzt verliess uns am Morgen, ohne etwas zu sagen. Ich konnte ihn nicht fragen, ich begriff, dass es überflüssig war.

Ich habe bei ihr gesessen und habe Lächeln und Freude auf mein Antlitz zwingen müssen. Sie glaubte, sie läge zu Bette, weil sie unserm Kinde das Leben geschenkt hatte. Sie war so glücklich, hin und wieder aber weinte sie, weil sie das Kind nicht bei sich haben dürfe. Und wenn ich nicht lächelte, war sie ganz verzweifelt jammerte und sagte, dass man sie belogen, das Kind sei tot, oder man habe es ihr fortgenommen. In solchen Momenten tauchten auch unheimliche Vorstellungen, die mit der Mühle in Zusammenhang standen, in ihren Phantasien auf. Sie glaubte, ihr Vater habe das Kind nach der Mühle hinaufgetragen, und flehte mich an, es zurückzuholen.

Gegen Abend nahm das Fieber zu. Der Arzt kam, entfernte sich aber schnell wieder. Ich sprach nicht mit ihm. Ich sass wieder an Gretens Bett. Sie kannte mich nicht. Sie lag fast immer mit geschlossenen Augen da, murmelte unverständliche, verwirrte Worte vor sich hin und verzerrte das Gesicht vor Schmerz. Ich fand beinahe, dass es so besser war. Ich brauchte ja meinen Kummer nicht zu verbergen, ich konnte ihre arme, heisse Hand in der meinen halten und weinen.

Plötzlich schlug sie die Augen gross und klar auf.

»Weinst Du, weil ich sterben muss?« fragte sie.

Ich sank vor dem Bett auf die Kniee nieder und barg mein Haupt in ihren Kissen. Sie strich mit der Hand darüber hin, sanft und lange, dann sagte sie:

»Weine nicht um mich. Mir ist so wohl. Es ist nicht schwer, zu sterben. Deine Mutter und auch die meine rufen mich; sie lächeln mir so liebevoll zu; sie zeigen mir, dass zwischen ihnen Platz für mich ist.«

Ein dunkler Schatten glitt über ihren Blick. Sie richtete sich im Bette auf: »Das Kind! Wo ist das Kind? Es ist unrecht von Dir, mich so entsetzlich lange warten zu lassen!«

Dann sank sie zurück, ihre Augen waren wieder klar, aber grosse Thränen quollen daraus hervor.

»Mein teurer Freund,« sagte sie, »lehne Dein Haupt fest an das meine. Ich möchte Dir etwas sagen, jetzt, wo ich noch ganz klar bin, und ehe ich sterbe.«

Ich that, wie sie mir geheissen, und sie flüsterte:

»Ich fürchte mich nicht vor dem Sterben, aber ich finde, es ist so traurig, dass ich von hier fort muss, ehe ich Dir den Sohn geboren habe, den ich Dir doch verhiess. Jetzt bleibt Dir nur so wenig als Erinnerung an mich, so wenig, wofür Du mir zu danken hast. Ich gab Dir ja nur mich selber für eine kurze Weile. Und auch das that ich kaum. Nein, Du musst mich nicht unterbrechen und mir nicht widersprechen; ich muss es Dir so sagen dürfen, wie ich es fühle. Ich mache mir Vorwürfe, dass ich Dich warten liess. Ich meinte wohl, dass Du mich darum bitten solltest. Du sollst wissen, dass ich Dir alles gegeben haben würde, um was Du mich gebeten hättest; Du sollst wissen, dass ich an jenem Vormittag im Walde, als wir den Hochzeitsgesang um uns tönen hörten, von ganzem Herzen, mit meinem ganzen Sehnen Deine Braut war. Und ich will es, ohne zu erröten, Gott auf seinem Throne sagen, dass ich unter Thränen von dieser Welt scheide, weil es mir nicht vergönnt war, als Braut in Deinen Armen zu ruhen.« – – – –

»Jetzt ist es an der Zeit,« sagte sie nach einer Weile, »dass Du Vater hereinholst.«

Als sie aber den Alten geküsst hatte, bat sie, schlafen zu dürfen; sie lächelte mir zu und schloss die Augen, um sie nicht wieder zu öffnen.

XXXV.

Der Lenz hält seinen Siegeszug über den Mühlenberg mit einem grossen Gefolge von fröhlichen Menschen unten aus der Stadt. Jung und alt, Kinder und Brautleute, würdige Männer und Matronen, ja selbst arme Gichtbrüchige, – alle müssen sie hinaus, um den Lenz auf dem Mühlenberg zu sehen. – – –

Goldenen Sonnenschein in alle Winde streuend, führt der Lenz den Reigen an, und die fröhlichen Menschen aus der Stadt machen einander staunend auf seine stolzen Thaten aufmerksam.

»Schon steht die Hecke in Knospen, und am Wegesrande blühen Veilchen. Pflück' mir ein paar, ich will sie an meine Brust stecken.«

»Aber Liebste, so gieb doch acht, dass Du die Schnecke nicht zertrittst. Und schau die Schmetterlinge dort, den ganz gelben und den roten mit den schwarzen Flecken. Mein Gott, lass sie in Frieden flattern, lass sie den Frühling gemessen gleich uns.«

»Habt Ihr den Star gehört, Kinder, und den Fliegenschnäpper hier? Er trägt Stroh zu seinem Nest zusammen.« – – –

Der Zug hält am Pavillon, den der Frühling aus seinem Winterschlaf aufgerüttelt hat; den ganzen Winter hindurch ist hier nur ein einsamer Fremder zu Gast gewesen.

»Lasst uns ein Glas auf den Frühling trinken! Auf den Frühling und das Leben! Auf das Leben und die Freude!«

»Was Ihr nicht esst, Kinder, das streuet den Spatzen hin. Wir dürfen der Vögel des Winters nicht vergessen, weil der Frühling gekommen ist.«

Die fröhlichen Menschen aus der Stadt folgen dem Frühling weiter hinauf durch den Wald.

»Wie es hier nach frischem erdigen Boden und nach Tannen duftet! Geht aber nicht ins Gras! Es hat über Nacht geregnet.«

»Ja, ins Gras muss ich. Ich habe eine blaue Anemone gefunden. Und die weissen dort! Wie viele da sind, wenn man recht nachsieht!«

»Und denkt nur, die Buche! Wie grosse Knospen die schon hat. Glaubt mir, die schlägt noch aus, ehe es Mai wird, wenn der Frühling so fortfährt.«

»Freilich fährt der Frühling so fort. Frage nur die Vögel, die jubeln, sie wissen Bescheid.«

Der Lenz steht triumphierend auf dem Kamme des Mühlenhügels, und die fröhlichen Menschen brechen in laute Freudenrufe aus: »Bis hier herauf ist der Frühling gelangt. Der Mühlenwall ist mit frischem Gras bekleidet, und die Flügel schimmern wie Gold in der Sonne. Im Garten des Müllers treiben die Obstbäume Knospen, in einem Zimmer würden sie sich schnell entfalten. Wer einen Zweig brechen dürfte!«

Da öffnet sich die Thür zum Müllerhause; ein eisiger Hauch geht über die fröhlichen Menschen hin: Auf ihrem weissen Lager ruht ein junges Mädchen, kalt und bleich. Und ihr zur Seite steht ein Mann, der Fremde auf dem Mühlenberg. Seine Augen weinen nicht, sie haben keine Thränen mehr. Über seine kalte, bleiche Braut gebeugt, sagt er: »Der Frühling ist tot.«

XXXVI.

Den 10. März.

Heute ist Grete auf dem Friedhof zur Ruhe gebracht.

In der Stiftskirche fand die Trauerfeier statt. Dort sassen alle die alten Frauen und weinten ungeheuchelte Thränen über Grete, weil sie, die Jugend und Schönheit in ihre verwelkten Herzen gebracht hatte, mitten in ihrem jungen Glück davongegangen war. Auf ihren Sarg hatten sie Kränze gelegt, die ihre eigenen, zitternden Hände aus Epheu und Moos gewunden und mit Immortellen und treuherzigen Inschriften aus schwarzen und weissen Perlen geschmückt hatten.

Und nun sangen sie ihr vor, wie sie ihnen vorgesungen hatte, sangen mit ihren dünnen, gebrochenen Stimmen: »Wenn einst der

Nebel sich gelichtet hat.« Ach Gott, mein Gott! Wie hatte sie sich darauf gefreut, hier an dieser Stelle als Braut vor den Altar zu treten, hier, wo sie jezt in ihrem Sarge lag, eine Braut des Todes, in das Leinen gekleidet, das sie selber gesäumt und zu ihrem Fest genäht hatte.

Mein armes, gemartertes Haupt sank herab an die Brust meiner alten Freundin. Sie streichelte mich und sprach mir zu wie einem betrübten Kinde, so wie sie mich so viele Male in entschwundenen Tagen getröstet und verhätschelt hatte. Sie wie auch ich vergassen wohl, dass ich jetzt ein grosser und kluger Mann war. Ich hatte ein Gefühl, dass es mir wohl that, an ihrer einfältigen Brust zu ruhen, es war mir, als besänftige sich mein Kummer, während sie flüsterte: »Und dann muss es doch so schön für ihn sein, zu wissen, dass sie nicht allein liegen soll, dass sie zu seiner Mutter hinauskommt. Die beiden werden so viel und so liebevoll von ihm reden, davon kann er überzeugt sein, und geschieht ihm ein grosses Leid oder ein schwerer Schicksalsschlag, so wird er fühlen, wie sie ihn tröstend umschweben.«

Der Pfarrer, die starke Geissel der Kirche über die Unwissenheit der Stadt, trat an Gretens Sarg. Er schaute forschend strenge auf die Versammlung, aber als ob er unwillkürlich verstünde, dass hier an dem Sarge dieses jungen Mädchens, gegenüber diesen weinenden alten Frauen und diesem hart betroffenen Fremden, die Strenge eine Entheiligung sein würde, so ergoss sich ein Schimmer bewegter Menschlichkeit über seine scharfen Züge, und als er zu reden begann, bebte seine Stimme.

»Ich kannte das junge Mädchen nicht, das Gott heimgerufen hat, als sie gerade an dem Eingang zu dem grössten Erdenglück zu stehen vermeinte. Aber es ist mir nur Gutes und Schönes von ihr erzählt worden. Sie scheint auf eigenen Wegen an dem hochgelegenen, einsamen Ort, an dem sie wohnte, Frieden mit Gott und der Welt gefunden zu haben. Sie scheint auch die Fähigkeit gefunden zu haben, andern Frieden mitzuteilen. Ich kenne nicht diejenigen, die ihr die Nächsten waren und für die ihr Tod ein so schwerer Schlag wurde. Ich weiss nicht, ob ihr Schmerz den einzigen Trost gesucht hat, den ich den rechten nenne. Aber mein Herz krümmt sich in teilnehmendem Verständnis ihres Schmerzes. Ich bitte Gott, ihr und ihnen seinen Frieden zu schenken. Amen.«

Allein mit dem Pfarrer wanderte ich hinter Gretens Sarg her nach dem Friedhof hinüber. Ich sehe, wie der Frühling begonnen hat, seinen Schmuck über den Tod zu breiten. Ich sehe die Blüten des Frühlings, und ich höre in meinem Ohr das Wort des Pfarrers von Gottes Frieden wiederhallen. Und meine Seele schreit voller Qual: »Du lügst, Pfarrer, so wie auch der Frühling auf den Gräbern lügt! Alle Blumen der Welt können das Grauen des Todes, dass sie, die ich liebte, von Würmern gefressen werden soll, nicht verdecken. Alle Geistlichen der Welt können nicht zu mir aus dem Grabe den Frieden aufsteigen lassen, der für ewig mit ihr zur Erde bestattet wurde.«

Der Sarg ist in das Grab gesenkt; der Pfarrer hat das Gebet gesprochen und mir die Hand gedrückt, – ich bin allein.

Aber so recht allein bin ich doch erst, als ich, kalt und zitternd von dem langen Stillsitzen in der scharfen Frühlingsluft, meine Gräber verlasse und auf den Mühlenberg hinaufgehe, der jetzt auch Gretens irdische Hülle nicht mehr beherbergt.

So allein, so allein.

XXXVII.

April.

Ich flüchtete ja hierher, um die Einsamkeit zu finden. Ich fand sie. Und wenn Grete nicht meinen Weg gekreuzt hätte, würde die Einsamkeit mich nicht geschreckt haben. Denn dann hätte ich das Entbehren nicht gekannt, das mich jetzt wie einen Friedlosen umher jagt.

Ein Friedloser bin ich in meiner Einsamkeit. Wo finde ich den Winkel, der mir eine Freistatt gewähren kann? Mag ich nun in den öden Gassen der alten Stadt umherschweifen oder meinen Fuss müde laufen auf den steilen Wegen des Mühlenberges, überall verfolgt mich das Entbehren gleich einem gierigen Raben, mir heiser ins Ohr schreiend, bereit, mir seinen Schnabel in das Herz zu schlagen. Da ist kein Fleck, kein Haus, kein Baum, der mir nicht mein Entbehren entgegenruft. »Weisst Du wohl noch, als Du das letzte

Mal hier warst, kamst Du mit ihr! Jetzt bist Du allein, sie giebt Dir nie mehr das Geleite.« – »Hier sassest Du mit ihr. Ihr sprachet von Eurem Glück, Ihr träumtet Euch in die Zukunft hinein, alles, was Ihr sprachet, dachtet und träumtet, war Sommer und Sonne, eitel Lust und Leben. Jetzt ruht sie in der Erde, den Traum hat der eisige Hauch des Todes verweht.«

Ich habe den Frieden im Klostersaal der Bibliothek gesucht, dessen hoheitsvolle Stille ehedem meinen Sinn mit alten Erinnerungen in süsse Ruhe wiegte. Aber der Rabe sass auf meiner Schulter: »Du junger Mönch, weshalb weilt Dein Blick so sehnsuchtsvoll bei dem Baum da draussen hinter der Mauer? Bleibe nur, wo Du bist. Dich erwartet niemand mehr, wenn sich die Finsternis auf das Kloster herabsenket. Im Klostergarten sind die Nachtigallen verstummt. Und in dem alten Baum baut der Rabe sein Nest.«

Im Quellgarten bin ich gewesen, ich wage nicht wieder dahin zu gehen. Es war mir, als verstummten die Kinder, als ich mich blicken liess. Ich las in ihren Augen die betrübte Frage: »Wo ist sie, die sonst stets bei Dir war, und die uns so lieb hatte? Du darfst nicht allein kommen, Du musst sie holen.«

Meine Freundin im Stift trauert über meine Treulosigkeit. Gerade jetzt möchte sie mir so gern ihre Zuneigung beweisen. Sie versteht es nicht, und ich kann mich nicht dazu entschliessen, es ihr zu sagen; mein wundes Herz kann die mitleidsvollen Blicke nicht ertragen, durch die hindurch es Spiessruten laufen muss, sobald ich mich innerhalb der Thüren des Stiftes befinde; die mich auf Treppen und in Gängen verfolgen bis an ihre Thüre, und die mich in ihrem eigenen Zimmer empfangen, mir aus ihren treuen Augen entgegenschauen.

Am qualvollsten ist es aber doch, Gretens Vater zu besuchen. Sich in den Stuben zu bewegen, die sie mit ihrem Frieden und ihrer Anmut erfüllte, wo unter jedem Schritt, den man thut, das Entbehren jammert wie ein gequältes Tier, wo die Luft noch erzittert von ihrem Todesseufzer, wo endlich der alte Mann sitzt und mit den leeren Augen des Schicksals das Fürchterliche anstarrt, das er vollbracht hat. Was haben er und ich einander Trostreiches zu sagen? Er hört wohl kaum die Vernunftsbetrachtungen, mit denen ich seiner Selbstanklage zu begegnen suche und seinen verwirrten Reden von

Gretens Unglück, das er als Rache der beleidigten, erzürnten Mühle ansieht. Bin ich denn aber selber ganz unbeeinflusst von seinen sonderlichen Grübeleien? Oder ist es allein die Erinnerung an jenen entsetzlichen Morgen, die das Grausen in meinem Sinn erweckt und mich erzittern macht, sobald ich an der Mühle vorüberkomme? Noch liegt sie da, noch hat ihr Herr das Urteil über sie nicht fällen wollen.

Wenn aber das Entbehren mich friedlos von einem Ort zum andern gejagt hat, suche ich Ruhe in meiner Arbeit, in meinem Buch. Während ich daran schreibe, vergesse ich, dass Grete tot ist. In diesem Buch lebt sie, in ihm ersteht sie wieder mit dem Gottesfrieden, den sie mir schenkte, als ich, ein müder Flüchtling, zu der Einsamkeit des Mühlenberges kam.

XXXVIIL

In den letzten Tagen des April

Ich hätte wohl Lust, eine Vorrede zu meinem Buch zu schreiben, das jetzt fertig ist. Freilich thut der moderne litterarische Katechismus Vorreden in den Bann, ebenso wie die alten vertraulichen Anreden des Verfassers an den lieben Leser mitten im Buche. Eines der ersten Gebote lautet: Der Verfasser darf niemals mit seiner Person hervortreten und auch seine Privatansichten nicht zu erkennen geben. Der Verfasser objektiviere sich in seinem Werk, das für sich zu reden hat.

Den Humbug, der hierin liegt, nachzuweisen, sollte u. a. der Zweck meiner Vorrede sein. Hat ein Schriftsteller seinen Lesern gegenüber etwas auf dem Herzen, so wird er es ihnen schon zu sagen wissen trotz des Verbots des Katechismus. Er lässt nur eine der Personen einen kleinen Vortrag halten. Und was nützt es, dass man ihm verbietet, persönlich in seinen Büchern aufzutreten? Die allermeisten Bücher handeln von den Verfassern selber. Die Folge des Verbots gegen die unmaskierten schwarzen Dominos wird dann sein, dass die Verfasser sich mehr oder weniger geschmackvoll, mehr oder weniger durchschaubar kostümieren. Nehmt die gesammelten Produkte eines unserer Autoren vor, und Ihr werdet ihn in einer Reihe wechselnder Verkleidungen vorbei paradieren sehen: als Geistlicher und als Arzt, als Ingenieur und als Architekt;

bald als überlegener Vernunftsmensch, bald als tiefsinniger Grübler; bald als kindlicher Phantast, und bald als verzweifelter Aufwiegler gegen die staatliche Ordnung. Der naive Mann bildet sich ein, dass er in seiner sinnreichen Verkleidung wohl verwahrt ist. Aber nicht nur seine Berufsgenossen, die die Pfiffe kennen, schreiben ihm augenblicklich lachend in die Hand. Auch die Leser, die von der modernen kritischen Methode dressiert sind, deren Stolz gerade darin besteht, »die Katz' zu finden,« zeigen sofort mit Fingern auf ihn und rufen einander entzückt zu: »Habt Ihr den schiefbeinigen Herrn A... gesehen? Jetzt tritt er, weiss Gott, als unwiderstehlicher Ingenieur auf! Wie denkt Ihr über den immer vergnügten Herrn B.? Ist es nicht zum Totlachen, wenn er die Rolle des weltverachtenden Naturforschers spielt?«

Die Verkleidung führt niemand anders hinters Licht als den Verfasser selber. Er denkt, da ich nun doch einmal ein Kostüm anlegen soll, will ich mich auch gleich so schön machen, wie ich ja im Grunde bin. Welch eine lächerliche Galerie von Selbstporträts hat nicht die moderne Litteratur aufzuweisen. Wie haben die Verfasser nicht darin geschwelgt, sich zu konterfeien als Jünglinge mit schönen Gesichtern, mit schlanken, eleganten Gestalten, mit feurigen blauen oder braunen Augen, oder mit Augen, die berückend in allen Farben spielen! Oder sie haben sich selber in reifer Männlichkeit geschaut, mit Ernst und Sicherheit in dem willensstarken Blick, mit ergrauenden, aber noch ungelichteten Locken. Mit liebevoller Nachsicht retouchieren sie alle Bäuche und Mondscheine, alle Lächerlichkeiten und Hässlichkeiten weg. Und geschieht es ausnahmsweise einmal, dass sie, wenn sie sich im Spiegel erblicken, eine Ahnung davon bekommen, dass eine gewisse Bescheidenheit vielleicht angebracht sein würde, so kann man sicher daraufrechnen, dass die Schwächen oder Fehler, die sie sich mit edler Aufrichtigkeit eingestehen, in die vorteilhafte Beleuchtung einer Eigentümlichkeit gestellt werden, die jegliche gewöhnliche Schönheit bei weitem übertrifft. Oder sie entschädigen sich noch ferner für die kokett zugestandenen körperlichen Unzulänglichkeiten, indem sie die geistigen Vorzüge, an denen es in der Selbstschilderung eines Autors niemals gebricht, noch überwältigender darstellen.

So sehen wir denn unsere Schriftsteller, die Opfer des Verkleidungs-Humbugs, dem Spott einer leicht zum Lachen geneigten Mitwelt ausgesetzt.

Aber das ginge allenfalls noch an. Weit schlimmer ist es, dass die Verkleidung den Verfasser hemmt, die ungeschminkte Ansicht seines Herzens zu äussern. Die Maskeradenbücher erfordern ein peinliches Rücksichtnehmen auf ästhetische Sitten und Gebräuche, die als Humbug empfunden werden, weil der Verfasser weiss, woraus sie bestehen. Wir alle kennen die moderne Romanformel: ein erstes Kapitel, in dem wir perdautz in die Handlung hineinspringen, und ein zweites Kapitel, wo wir durch eine weitschweifende, langweilige Vorgeschichte, die der Verfasser mühsam für den Hintergrund seiner Maskerade zusammengestellt hat, an Land gezogen werden. Alle diese äusserlichen Rücksichten auf Garderobe, Maschinerie, Dekorationen und Personen, die nach einer stereotypen Kapitel-Regie gegen einander operieren sollen, saugen das Mark aus der Energie, die das Buch zu einem ganzen und echten Ausdruck für die Erlebnisse und Stimmungen und Gefühle machen sollte, die es in der Seele des Verfassers erzeugt haben. Das Gekünstelte, die Kunstfertigkeit ersticken das einfache, einfältige Herzens-Geständnis, das das Buch andern Herzen, die etwas Ähnliches erlebt und gefühlt haben, zu machen bezweckt.

Deswegen habe ich mein Buch so geradeaus erzählt, wie ich es gelebt habe. Deswegen wende »ich« mich selber an die Leser. »Ich« bin weder schön, noch hässlich, weder ein wohlgestalteter Troubadour, noch ein dämonischer Buckeliger. »Ich« bin nichts als ein Herz mit dem Bedürfnis, seine Freud' und sein Leid in die Welt hinauszusingen. »Das Kostüm« mag für die grossen Bücher passen, die die Maskerade des Lebens schildern. Die kleinen Bücher des Herzens werden am besten von dem geschrieben, der nichts weiter zu sein trachtet als »ich«.

XXXIX.

Den 30. April.

Ich habe mein Buch abgeschlossen; ich habe mit allem abgeschlossen, was hier für mich zu wirken war.

Gestern Abend, als ich auf dem letzten Blatt Gretens Augen mit einem Abschiedskuss geschlossen hatte und das leere, weisse Papier vor mir lag, da begriff ich, dass jetzt erst so recht die einsamen Tage auf dem Mühlenberg kommen würden. Und ich stand auf, sammelte alles zusammen, packte meinen Koffer und benachrichtigte meinen Wirt, dass ich morgen mit dem Schiffe reisen würde.

Was ich will? Vor allen Dingen fort von hier. Dann aber dorthin, wo mich die Arbeit erwartet. Müde, weil sie mir zu nichts zu führen schien, gab ich sie auf. Ich nehme sie wieder auf, ohne zu grosse Illusionen, aber mit dem Gefühl, dass sie auf alle Fälle ihren Wert in sich hat. Die Ruhe schenkt nur den Glücklichen Frieden. Uns anderen lindert die Arbeit das Unglück.

Ich kann es ja auch gestehen. Wenn ich in der letzten Zeit hin und wieder, um mich ein wenig zu zerstreuen, eines der Cafés der Stadt besucht und dort eine Zeitung in die Hand genommen habe, hat sich in mir die kribbelnde Lust geregt, von neuem eine Feder für oder wider das zu führen, was ich las. Ich fühlte, dass meine Mühle nur zeitweilig still stand, dass ein wenig Wind sie in Bewegung setzen könne. Und ich glaubte, dass das Verständnis für Gretens Vater in mir dämmerte. Nicht die Mühle, sondern er hatte das Bedürfnis, die Räder schnurren und die Flügel sausen zu hören. In seinem eigenen Innern erklang die Anklage gegen den Zustand der Ruhe. Es war mir, als verstünde ich noch mehr. Ich hörte den Warnungsruf: »Wehe dem, der die Mühle blindlings gehen lässt! – –«

Heute bin ich umher gewesen, um Abschied zu nehmen. Von der Stadt, von dem Mühlenberg, von alledem, was für mich die lichtesten und die bittersten Erinnerungen umschliesst.

Ich habe meiner Freundin im Stift Lebewohl gesagt. Ihrer Treue übergab ich Gretens Grab zur Obhut und Pflege. Denn ich weiss, dass der alte Müller nicht da hinauskommen wird, ehe man ihn selber zur ewigen Ruhe dorthin trägt. Ich sagte zu meiner Freundin: »Schmücke das Grab nicht mit den vergänglichen Blumen, deren Trost eine armselige, prahlende Lüge ist; bedecke es mit den bescheidenen Pflanzen der stets lebenden Erinnerung, mit Epheu und Immortellen.« Weinend gelobte meine Freundin mir das: »Ihr Grab soll geschmückt werden, so wie er es will, so lange mich Gott am Leben lässt. Und gehe ich davon, so werden die andern hier drinnen thun, was ich gethan habe. So lange nur noch eine übrig ist, die ihr liebes Antlitz gesehen hat, soll ihr Grab nicht verfallen, darauf kann er sich verlassen.«

Bei Gretens Vater war ich. Ich fand ihn zugänglicher als bisher seit dem Unglück. Die Nachricht von meiner Abreise schien keinen weiteren Eindruck auf ihn zu machen. Was war ich denn für ihn ausser in Verbindung mit Grete? Er erzählte mir, dass er die alte Frau, die früher im Hause zur Hand ging, gedungen habe, sie solle bei ihm wohnen und ihn pflegen. Für ihn sei also gesorgt. Von einem Verlassen des Mühlenberges wollte er nichts hören; jetzt weniger denn je. Denn jetzt – so erzählte er mir – wäre es mit der Mühle »in Ordnung«. Statt sie niederzureissen, habe er sie zu einem Trauerdenkmal für Grete eingerichtet. Alles Maschinenwerk habe er zerhauen lassen, und, an das Gebäude festgenagelt, stünden die Flügel als aufrechtes Kreuz da, nach dem Fjord hinauszeigend. »Weder sie noch ich,« sagte er, »können jetzt noch Unheil im Leben anrichten. Wir bleiben hier beieinander an der Stelle, wo wir uns versündigt haben. Und dann ist es ja mein Gedanke, dass die Mühle, wenn ich sterbe, als Seezeichen eingesetzt und auf der Karte als ›Gretens Andenken‹ verzeichnet werden soll.«

Aus dem Müllerhause tretend, durchschritt ich den Garten, der in seiner ganzen Frühlingspracht prangte, aber es war deutlich zu merken, dass niemand mehr daran dachte, ihn zu pflegen. Das Gras auf den Rasenplätzen wuchs wild und ungemäht, auf den Beeten wucherte das Unkraut üppig zwischen den Blumen. Ich sah den Tag kommen, wo der Garten zur Wildnis werden und dann dem unfruchtbaren Westwind wieder zur Beute fallen würde. Die milde Hand der Liebe und des Friedens war von der Oase des Mühlenbergs gewichen.

Zuletzt war ich auf dem Friedhof. Bei ihr, die die Sonne meiner Kindheit war, und bei ihr, die diese Sonne einen kurzen, aber unvergesslichen Tag wieder aufleuchten liess über meinem Mannesalter.

Ihr beiden guten Mütter, schlaft in Frieden, Seite an Seite, auf dem Friedhof meiner alten Stadt.

– – Mein Koffer ist gepackt. Obenauf liegt eines der kleinen Hemdchen, die Grete für unsern Sohn genäht hat.

XL.

Das Schiff glitt aus dem Hafen hinaus, vorüber an dem Schloss mit der alltäglichen, grauen Fassade, um den Brückenkopf herum, wo meine alte Freundin stand und mir ein letztes Lebewohl zuwinkte. Hinter mir lag nun die Stadt, lächelnd rot zwischen frühlingsgrünen Feldern und Hügeln, mit munterm Rauch aus allen Schornsteinen und Storchengeklapper über den Dächern. Langsam verblasste sie im Abendnebel. Das Schiff bog um eine Landzunge, verschwunden war die Stadt.

Ich erwachte, als habe sich der Vorhang vor einem Schauspiel herabgelassen, in dessen ferner Traumwelt ich für eine kurze Zeit gelebt hatte. Da folgte das Schiff einer neuen Biegung des Fjords, und einen einzigen Augenblick gewahrte ich, fern am Horizont, den Gipfel des Mühlenberges und hoch oben die Mühle, – ein schwarzes Kreuz auf weissem Grunde.

So ist die alte Stadt unwiderruflich entschwunden. Und ich kehre dorthin zurück, von wannen ich kam. Zu alten Freunden und alten Feinden.

Ist denn dieses Jahr vergebens gewesen, ist es spurlos verschwunden wie die märchenhafte Traumwelt, vor der der Vorhang herabfällt?

Gewiss nicht. Es hat mir das Treuga Dei gebracht, nach dem die ganze Erde seufzt, jenen Gottesfrieden, den selbst unsere kriegerischen Vorfahren einander gönnten, der die Seele läutert und den Willen veredelt. Ich kehre zurück, von wannen ich kam, aber nicht als derselbe. Ich habe, was mir bisher fehlte, ein hohes, sicheres Wahrzeichen für meine Fahrt: Gretens Andenken. Meine Freunde werden mich vielleicht mit einem mitleidsvollen Achselzucken empfangen, meine Feinde werden mir vielleicht ein spöttisches Lächeln zusenden. Sie werden erfahren, dass weder zum Mitleid, noch zur Freude Grund vorhanden ist. Der Gottesfriede, der meine Seele berührt hat, bedurfte keiner Umkehr, das Seezeichen, das mein Leben genommen hat, führt mich nicht in einer neuen Richtung. Nur sicherer verfolge ich jetzt einen geraderen Weg.

Auf Deinem Totenbette, Grete, machtest Du Dir den Vorwurf, dass Du als Jungfrau in meinen Armen stürbest. Ich zweifelte niemals an Deiner bereitwilligen Freigiebigkeit. Jungfrau oder Nicht-Jungfrau, Du wärest dieselbe geblieben. Ich weiss auch, dass keine Seligkeit grösser gewesen wäre, denn als Bräutigam an Deiner Seite zu ruhen. Aber Du, meine jungfräuliche Braut, hast mich das bisher ungekannte Glück des Entsagens gelehrt. Du hast mich das Glück gelehrt, auf dem Wege zum Glücke zu sein, selbst wenn man es niemals erreicht.

Ich setze die Mühle wieder in Gang. Es muss so sein. Sie fordert ihr Recht von meiner Jugend und von meinen Fähigkeiten. Und ich denke daran, dass der Mühlenflügel, der Dich tötete, vielleicht keinen Fluch verdient. Vielleicht handelte er weit eher milde und gut, als er Dich blindlings aus dem Leben nahm, ehe die entsetzliche Stunde hereinbrach, in der ich, ohne sehen zu wollen, meine Mühle, an deren Flügeln Du Ruhe gesucht hattest, in Gang setzte. »Gretens Andenken« hat mich gelehrt, vorsichtig zu sein.

Mein Traum ist aus. In der Frühlingsnacht trägt mich das Schiff zurück aus meiner alten Stadt, der Wirklichkeit und der Arbeit entgegen. Der Traum ist aus. Gottes Friede ist verronnen. Grete ist tot.

Oder war es kein Traum? Oder träume ich noch? Ich meine, während ich dies schreibe, Gretens Hand auf meiner Schulter zu fühlen, zu hören, wie sie mir ins Ohr flüstert:

»Gottes Friede verrinnt nimmer für den, der liebt.«

Über tredition

Eigenes Buch veröffentlichen

tredition wurde 2006 in Hamburg gegründet und hat seither mehrere tausend Buchtitel veröffentlicht. Autoren veröffentlichen in wenigen leichten Schritten gedruckte Bücher, e-Books und audio-Books. tredition hat das Ziel, die beste und fairste Veröffentlichungsmöglichkeit für Autoren zu bieten.

tredition wurde mit der Erkenntnis gegründet, dass nur etwa jedes 200. bei Verlagen eingereichte Manuskript veröffentlicht wird. Dabei hat jedes Buch seinen Markt, also seine Leser. tredition sorgt dafür, dass für jedes Buch die Leserschaft auch erreicht wird.

Im einzigartigen Literatur-Netzwerk von tredition bieten zahlreiche Literatur-Partner (das sind Lektoren, Übersetzer, Hörbuchsprecher und Illustratoren) ihre Dienstleistung an, um Manuskripte zu verbessern oder die Vielfalt zu erhöhen. Autoren vereinbaren direkt mit den Literatur-Partnern die Konditionen ihrer Zusammenarbeit und partizipieren gemeinsam am Erfolg des Buches.

Das gesamte Verlagsprogramm von tredition ist bei allen stationären Buchhandlungen und Online-Buchhändlern wie z. B. Amazon erhältlich. e-Books stehen bei den führenden Online-Portalen (z. B. iBookstore von Apple oder Kindle von Amazon) zum Verkauf.

Einfach leicht ein Buch veröffentlichen: **www.tredition.de**

Eigene Buchreihe oder eigenen Verlag gründen

Seit 2009 bietet tredition sein Verlagskonzept auch als sogenanntes "White-Label" an. Das bedeutet, dass andere Unternehmen, Institutionen und Personen risikofrei und unkompliziert selbst zum Herausgeber von Büchern und Buchreihen unter eigener Marke werden können. tredition übernimmt dabei das komplette Herstellungs- und Distributionsrisiko.

Zahlreiche Zeitschriften-, Zeitungs- und Buchverlage, Universitäten, Forschungseinrichtungen u.v.m. nutzen diese Dienstleistung von tredition, um unter eigener Marke ohne Risiko Bücher zu verlegen.

Alle Informationen im Internet: **www.tredition.de/fuer-verlage**

tredition wurde mit mehreren Innovationspreisen ausgezeichnet, u. a. mit dem Webfuture Award und dem Innovationspreis der Buch Digitale.

tredition ist Mitglied im Börsenverein des Deutschen Buchhandels.

Dieses Werk elektronisch lesen

Dieses Werk ist Teil der Gutenberg-DE Edition DVD. Diese enthält das komplette Archiv des Projekt Gutenberg-DE. Die DVD ist im Internet erhältlich auf **http://gutenbergshop.abc.de**

Zeitfracht Medien GmbH
Ferdinand-Jühlke-Straße 7
99095 Erfurt, Deutschland
produktsicherheit@kolibri360.de